ウエスタン忍風帳

秀行

ウエスタン忍風帳

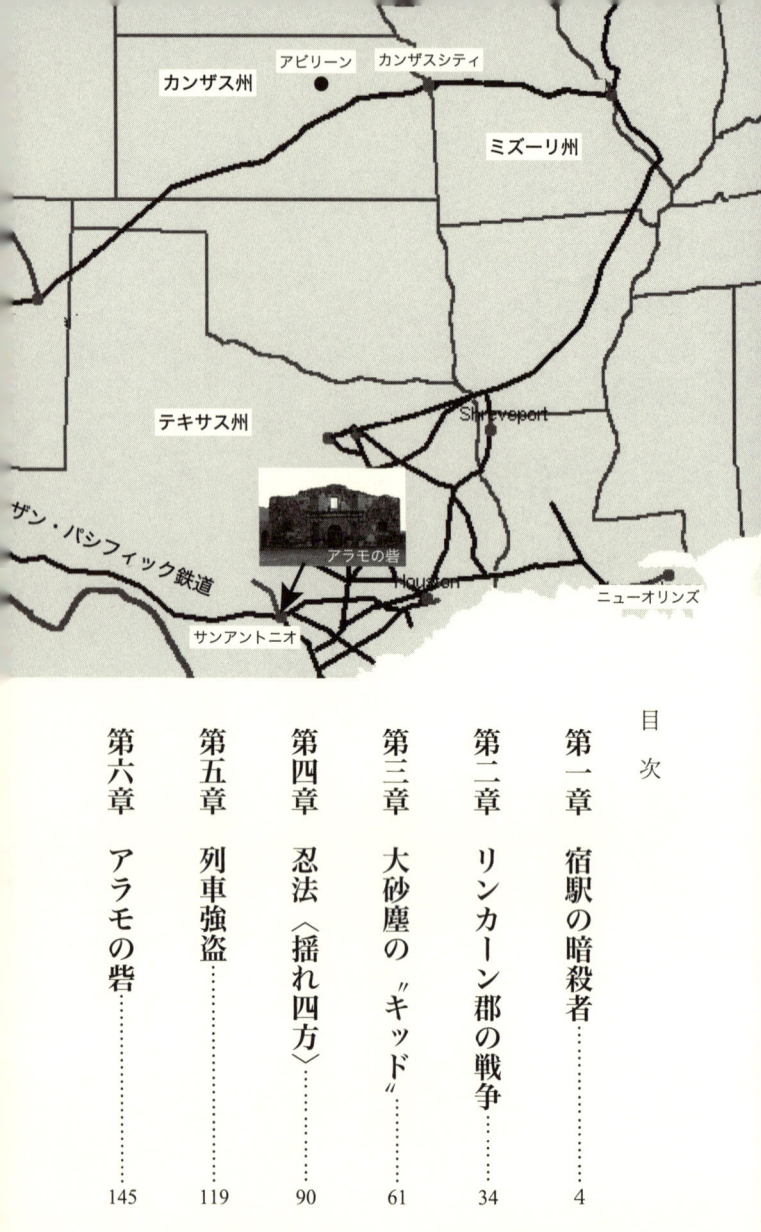

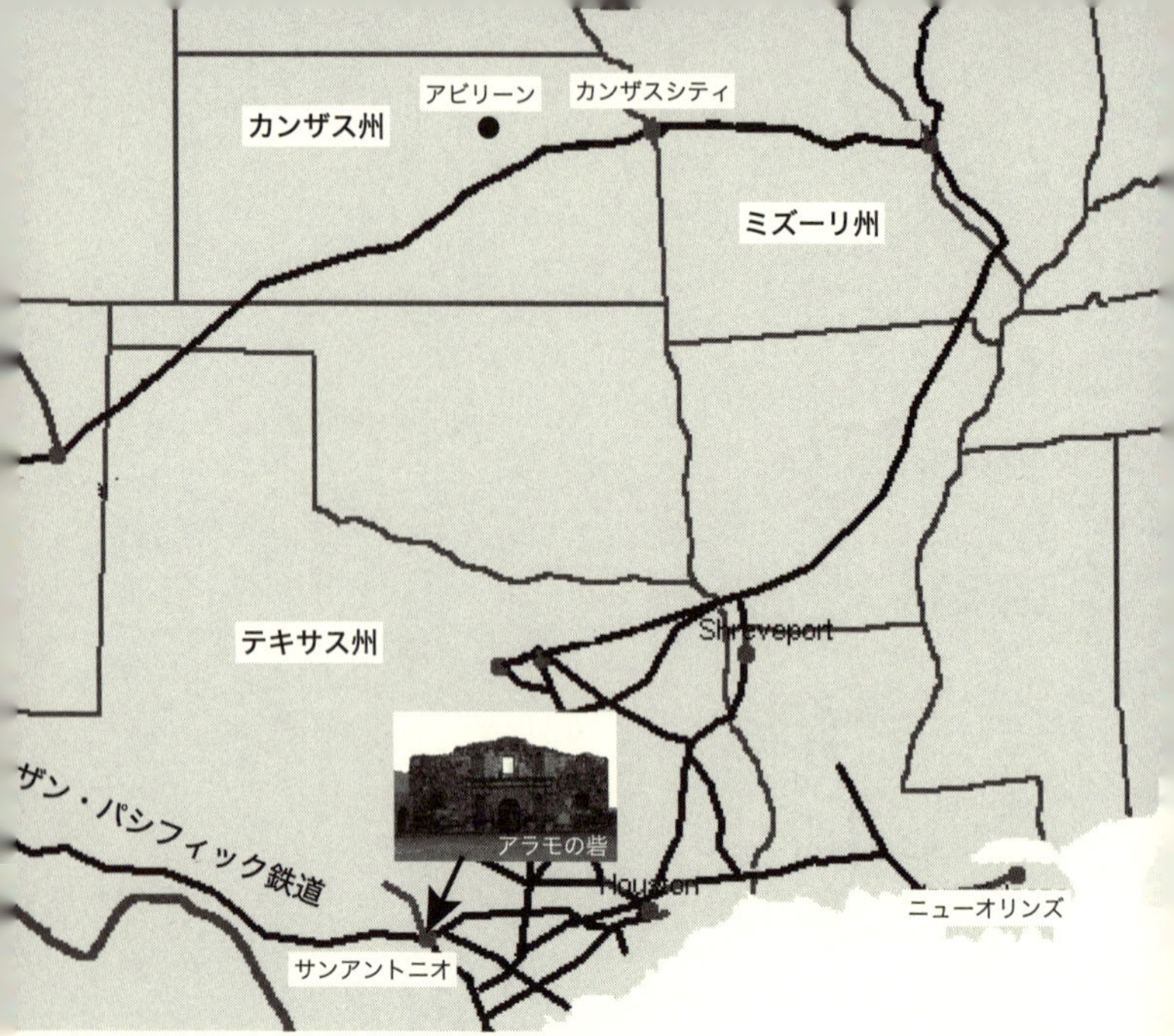
アビリーン
カンザスシティ
カンザス州
ミズーリ州
Shreveport
テキサス州
アラモの砦
ザン・パシフィック鉄道
Houston
ニューオリンズ
サンアントニオ

目次

Oakland
サンフランシスコ
カリフォルニア州
ニューメキシコ
アリゾナ州
ロサンゼルス
サンディエゴ
リンカーン
デミング
El Paso
ツーソン

第一章　宿駅の暗殺者

1

　おれの名はネッド・バントライン。東都では、ちっとは知られた作家兼興行師《こうぎょうし》だ。現在《いま》流行中の大衆読物《ダイム・ノベル》の読者なら、この名前だけで夕食《ディナー》に招いてくれるだろう。何、訴訟《そしょう》を何件も抱えているだろうって？　誰だ、おまえ？

　で、おれは今、セントルイスからサンフランシスコへ向かう駅馬車に乗っている。目的地は〈辺境《フロンティア》〉。具体的にいうと〈西部《ウエスト》〉だ。

　それはいいが、この馬車の乗り心地《ごこち》ときたら、地獄を通り越して、極楽《ごくらく》だ。

　小さな凸凹がありゃ暴れ馬みたいに跳ね上がる。それだけならいいが、おれたち客まで跳ね上がってしまうんだから、手に負えない。

　セントルイスからサンフランシスコまでは約二三日。記念すべき第一号は一八五八年九月一六日にサンフランシスコから出発。翌一七日の西行き第一便の初旅行に、馬も客も御者も交代する中で、ただひとり乗り通した物好きで天晴《あっぱ》れな「ニューヨーク・ヘラルド」紙の記者ウォーターマン・リリー・オムスビー記者は、〝――ガタンとくると頭を天井にぶつけ、あるいは床に、壁にぶつけるが、それも気にならなくなる。ぐっすりと眠りこけてしまえば、固い床もセント・ニコラス・ホテルのふかぶかとしたベッドのように快適に思えてくる〟と書いた。その通りだ。

おれも横断《ルート》馬車を含めていろんな道を何十回と乗っているが、例外はない。今、馬車の客はおれと六連発を下げた医者みたいな感じの中年男の二人きりだが、女なんかいたら、この乗り心地を一日経験しただけで、引き返すと喚《わめ》き出すだろう。

なに？　横断馬車がこんなにガラ空きなのはおかしいって？　おまえ、誰だ？　そもそも、馬車に乗って東から西まで四五〇〇キロの距離を走破しようなんて物好きが、一八七八年の今どき何人いると思う？　横断馬車の営業開始から一一年後の一八六九年五月一〇日には大陸横断鉄道が開通しているのだ。

しかも、料金はこの乗り心地で一五〇ドル。腐ったベーコン、犬の歯型の残る固いパン、雑巾をしぼった水みたいなコーヒーという食事は別料金で最高一ドル五〇セント。五〇セント出しゃ、まともなディナーがフルコースで食えるんだぞ。南北戦争が始まる前と終わってすぐ——つまり、鉄の馬が引く馬車が出て来るまでの全盛期だって、通しの乗客は年間三〇〇人が上限だったのだ。

有名なコンコード型馬車には、車内に九人、屋根に六人、この一五人に御者と護衛《ショットガン・メッセンジャー》が付いて一七人の定員だったが、あくまでも理想だ。現実には屋根に九人、御者席にプラス一人、馬車の後部にある荷物収容部に二人——しめて乗客は二三人となる。地獄の釜《かま》だ。幸い、こんな混み方は、東西のどちらも終点近くの区間——といっても二～四日かかるが、まあそれくらいで、街道《ルート》の真ん中あたりでは、ガラ空き——というのが現状だ。

中継所《ステーション》というか宿駅は、八〇マイル（約一二八キロ）から二五マイル（約四〇キロ）間隔で置かれ、御者は最初はファイトだとばかり、五〇マイル（八〇キロ）くらいは交代なしで突っ走るが、へばってくると平均一五マイル（約二四キロ）くらいで交代する。馬車の時速は平原地帯で一九キロ、山岳部で五キロ、平均八キロと言われている。おれの経験でも大体正解だ。

おれが鉄道でなく、古代の遺物みたいな駅馬車を選んだ理由はただひとつ——ニューメキシコのリンカーンまでは、こいつがいちばん早いからだ。

今年の二月一八日、この土地の大牧場主ジョン・H・タンストールが殺害され、銃撃戦の幕が切って落とされた。リンカーンの町の新聞社から送られて来たニュースを眼にした途端、おれはピンときた。また西部が熱い。辺境に銃弾が入り乱れようとしている。よし、新しい英雄《ヒーロー》の誕生だ。長いこと、東部の羊たちが待ち望んでいた辺境の狼たちの物語が、おれの麗筆によってまたも読者の血を湧かすだろう。

おれには確信があった。九年前に遡る一八六九年、スー族との戦いに血道《ちみち》を上げていたマクファーソン砦《とりで》で、ある若者と知り合った瞬間もピンときた。案の定、ハンサムで気の良いこの若いのは、多分にホラ混じりだった、自分の体験談を隠しもせずに山ほど聞かせてくれた上、ホラをホラと感じさせない射撃とロープと馬術の腕まで披露《ひろう》してくれたのだ。東部へ戻ったおれは「ニューヨーク・ウィークリー」誌に一大ノンフィクションとしてこれを発表し、まさしく一夜のうちに、彼を西部一有名な冒険児に仕立て上げた。

西部の王者《キング・オブ・ザ・ボーダーメン》――バッファロー・ビル

白馬に乗って果てしなき大平原を疾駆する野牛《バッファロー》狩りの天才にして騎兵隊スカウト、そのライフルは五〇〇メートル先の野牛を必殺し、野蛮な先住民に囲まれれば手練《てだれ》の早射ちとナイフの閃きで一角を崩し、野獣《ピューマ》を駆って追いすがる敵を、得意の馬術でみるみる引き離してしまう。その笑顔は演劇界のスターたちの誰よりも、凄絶《せいぜつ》な生き方に支えられた人間的魅力に溢れ、彼が町へ入れば、幼児から七〇歳の老婆までが花束を持って歓迎するほどだ――多少の脚色《きゃくしょく》を加えてあるが、おかげで彼は東部一の、いいや西部でも屈指《くっし》の人気者に成り上がった。「ニューヨーク・ウィークリー」誌の部数は鰻《うなぎ》登り、連載は回を重ねるごとに熱狂的読者を増やして、そこから派生した小説《ノベル》版も売れに売れた。劇場にすらかかり、これも大ヒット。

一八七一年に大新聞「ニューヨーク・ヘラルド」紙の社長でジャーナリスト界の大物中の大物ジェームズ・ゴードン・ベネット氏が野牛狩りツアーを計画、おれに同行を求めた。理由はひと

NED BUNTLINE'S SEQUEL TO "BUFFALO BILL

New York Weekly

Buffalo Bill's Best Shot;

Or, The Heart of Spotted Tail.

By NED BUNTLINE

つ――天下のバッファロー・ビルにガイドを頼む仲介の労を取ってくれ、だ。ビルは快く引き受け、この陽気で野性味溢れるヒーローの人間性は大ジャーナリストを虜《とりこ》にした。「バッファロー・ビル物語」が大新聞「ニューヨーク・ヘラルド」の一面を飾るのは彼の帰郷後間もなくのことだった。

その後色々あって、ビルとは疎遠になったが、第二第三の英雄が今なお西部に潜《ひそ》んでいることをおれは疑わず、それからも何度も足を運んで保安官から無法者までおびただしい連中と会って話を聞いた。

そのときの礼に五人の保安官――ワイアット・アープ、バット・マスターソン、ニール・ブラウン、チャーリー・バセット、ビル・ティルマン――に銃身が一二インチ（約三〇センチ）あるコルト45を送った。コルト社の特注だ。ちと非実用型だが、才能ある保安官なら十分使いこなせるはずだ。そのうち〝バントライン・スペシャル〟とか呼ばれて有名になるに決まっている。

いきなり、ドカンと来た。ガタンではない。

おれも前の男も勢いよく跳ね上がり、おれは悲鳴を上げて席へ戻った。車輪が山にでも乗り上げたか!?

おれは窓から顔を出して叫んだ。

「もう少し、丁寧《ていねい》に運転せんか！」

「すんません」

御者が凄まじい訛《なま》りで応じた。

「ですが、旦那、じき中継所でさ。それにこの辺は半月くれえ前からコマンチが暴れてる。連中と歓談してえですか」

「冗談じゃない。さっさとやれ」

おれは窓を閉め、駅馬車会社――ウェルスファーゴに悪態をつきながら、前の席の男を観察した。

髭《ひげ》を生やしているが、顔立ちは若い。三〇前後だろう。それなりに陽灼《ひや》けはしているが、肌の色は青白い――というより、血の気が少ない。そのくせ、眼の下あたりが赤い――ひょっとしたら、と思っていたら、いきなりゴホゴホやり出して、青いハンカチで鼻と口を押さえた。

やっぱり、肺病か。これには乾燥した空気がいいというのは、医学界の常識だから、東部の結核患者は、しょっ中西部を訪れる。そのうち特別列車が仕立てられるかも知れんな。育ちが良さそうな、品のある顔立ちをしているのに早死にとは残念だ。

乗り込んできたのは前の宿駅からだ。鞍も持っていないから、馬で来たんじゃない。

フロックコートに紐タイ、白いシャツ、長靴《ブーツ》に黄金の拍車。どこから見ても名士の御曹子《おんぞうし》だが、それにしては危険な雰囲気が取り巻いている。やはり肺病の拳銃使《ガンマン》いか。いや、それにしては――

いつものおれなら、気軽に話しかけて身元を探るのだが、今回は危ないと踏んだ。

「うるさい」

同時にドカンと一発やられてもおかしくない相手だ。

しかし、こんな身体でどこに行くつもりだ？

せめて満艦飾《まんかんしょく》のベストでも着けていてくれたら、一発で身を持ち崩した名家出の賭博《とばく》師で決まりなのだが。うむ。

待てよ、確か、前の取材の時、ビル・ティルマンから、胸を病んだ拳銃使いの博打打ちがいると聞いた覚えがある。名前は――名前は――出て来ない。

そのとき、馬車が急にスピードを落とした。窓から覗くと、柵に囲まれた干し煉瓦《アドゥービ》の建物が近づいて来た。次の宿駅に到着したのだった。

柵に設けられた木の門が開き、到着を示す鐘がガンガン鳴り響く中を、駅馬車は広くて殺風景な前庭に滑り込んだ。たちまち駅丁夫婦が走り寄って来る。

御者と護衛が先に下りて、御者が外からドアを開け、踏み段を下ろした。

男は動かない。背中を見せたくないのだ。やはり無頼《ぶらい》の拳銃使いだ。おれは先に下りた。

陽はまだ高いが、空気は冷たい。午後二時少し過ぎ。一時間ほど休憩したら出発だ。

愛想のいい亭主と女房が家へと案内し、使用人が馬を交換する。女房の腹が大きいのにおれは気がついた。

暖炉が燃えている家の中は、ぬくぬくとおれたちを暖めてくれた。

食堂兼居間である。大きなテーブルが二つ並び、窓際に三人の男が立っていた。全員薄汚れたカウボーイ姿で、腰には六連発。髭も当たっていないところを見ると自力で辿り着いたばかりだろう。

ひと目で危《やば》いと思った。どいつも悪党面で、これからぶっ放しそうな雰囲気で全身を覆っている。

駅舎を狙うギャングもいると聞くが、外には若い従業員が何人も控えているから、そうじゃあるまい。なにより、全員の血走った眼は、おれ――の背後に集中していた。

素早く隅のバー・カウンターに移動した。やれやれ、結核野郎もついて来た。

カウンター《バー》の下の足かけ棒に足を乗せた。この棒が酒場《タバーン》を「バー」と呼ばせることになる。

真ん中に陣取った隣に来やがった。おれは小声で、

「おい、迷惑なんだが」

と言った。

「何がだ？」

はじめて聞いた。低い錆《さび》を含んだ声である。

「後ろの三人――あんたを狙ってるぞ」

「らしいな」

「離れてくれ。巻き添えは真っ平だ」

「大丈夫。向こうも赤の他人は射てない。離れるまで待つさ」

　亭主が三人組の方をチラ見しながら、カウンターへ入った。

「ウィスキー。ダブルで」

　と結核野郎が言った。

「おれもだ」

　と頼んでから、

「一杯飲《や》ったら離れるからな」

「好きにしろ」

　平然たる声は見せかけではなかった。おれが名乗ったのは、それが気に入ったからだった。

「おれはネッド・バントライン——てのは筆名で、本名はエドワード・ゼーン・キャロル・ジャドセンだ。これでお別れかも知れんので本名を名乗っておく」

「ジョン・ヘンリー・ホリデイだ」

「ホリデイ？」

　男の方を見たが、相手は無視し、眼の前へ、

「お待ち」

　琥珀《こはく》色のグラスが置かれた。亭主の表情はこわばっている。

　こりゃ、来るな、と思った。亭主も辺境の人間で、荒事《あらごと》には慣れている。カウンターの向こうには六連発かショットガンが用意されているだろうが、向こうは三人がかりだ。生命はともかく、家の中が穴だらけになるのは、覚悟しなくちゃなるまい。

おれはウィスキーを一気に空けた。ホリデイ君に合わせてダブルにしたが、こりゃあ効く。咳《せ》き込むのを何とかこらえるのが精一杯だった。

対してホリデイはこちらもひと口で片づけ、コートのポケットから出したハンカチで口元を拭った。

「どきな、おっさん」

後ろからだった。とうとう来た。

おれは灼ける胸をこらえながら、カウンターを離れ、部屋の隅まで行って振り向いた。

三人組は右手を六連発のすぐ横へ垂らし、いつでも抜けるスタイルを取っていた。

ホリデイが早射ちの名人にしても、一対三では絶対に勝ち目がない。亭主も立ち尽くしている。打つ手がないという表情だ。先頭の男が紙巻きを床へ吐き捨てた。

「ドク」

と呼びかけた。

ドク？　ホリデイ？　ドク・ホリデイか!?

おれの眼がカウンターの男に吸いついた。

「おれの名はバリスターだ。あんたがダラスで殺《や》った賭博師の弟さ。仇《かたき》を討《う》たせてもらうぜ」

「こんなところで待ち伏せか」

とドクは言った。右手はハンカチを掴んでいる。

「おれが来ると誰に聞いた？」

「うるせえ、こっちを向きな」

「一対三で凄むなよ」

「チャンスをやろうってんだ。向け」

バリスターの声と表情は殺意を材料にしてい

た。

次の瞬間、この一件はドクの死で決着していたはずだ。

だが。

どうやら外は風が強くなっていたらしい。砂嵐と言ってもいい。それに気がついたのは、外に続くドアが急に開いて、風と砂塵《さじん》が、おれたちの顔を叩いたからだ。

おれの眼には、その男が砂から出来ているように見えた。

後ろ手で、ドアを閉め、

「よろしく《ハロー》」

と言った。いい発音だが、砂まみれの顔はどこから見ても東洋人だった。緑色の妙な衣装に身を包み、肩から振り分けにした革袋を下げている。

「取り込み中らしいが、ひと休みさせてくれ」

死を一瞬、遠のかせた男は、頭と肩から砂を払い落としながら、亭主に声をかけた。

2

こういう緊張の場面は、タイミングで全てが変化する。東洋人は見事に生と死のタイミングを狂わせて見せた。

三人組は、抜き射ちのタイミングを失い、ドクと——新参者《しんざんもの》を睨《にら》みつけた。それでも殺意を取り戻すことは出来たろう。東洋人がさっさとカウンターに進んで、ドクの隣に立ち、三人の方を振り返らなければ。

右手は下げたまま、左手は肩にかけた袋の底に当てている。

「ウィスキー。ダブルで」

亭主が、へえという表情になった。

「黒人と中国人はお断りか？」

と男が訊いた。

「なら大丈夫。おれは日本人だ」

「黒かろうが黄色かろうが、金さえ払ってくれりゃ、お客さまさ」

亭主はメキシコ人だ。助かったという表情で、グラスに酒を注《そそ》いだ。

三人目の一気飲みをしてから、

「で、続けるか？」

と訊いた。まだ若い。東洋人てのは、見た目に一〇歳はプラスしないと実年齢がわからねえ。こいつは一〇代後半——つまり、二五以上ってことになる。それにしちゃいい度胸《どきょう》だ。三人組は完全に呑《の》まれていた。

「何だ、てめえは？　邪魔するな」

「邪魔なんてせん。しっかりやれ」

落ち着いた声であり、落ち着いた物言いだった。

それは三人組の殺意を一気に加速させ、事態を急速に元に戻した。

「中国人が逆上《のぼ》せあがりやがって——ちょうどいい。まとめて始末してやらあ」

バリスターの手がコルトにかかった。

その刹那《せつな》、彼の足下《あしもと》で火球《かきゅう》が膨れ上がった。

ドクが振り返った。右手にハンカチ——それが火を噴いた。

二人が肩を押さえてのけぞり、膝の炎を叩き消そうとしながら、コルトを向けたバリスターの顎を、走り寄ったドクが蹴り上げた。その足で、失神したバリスターの膝《ひざ》の炎を踏み消したから恐れいる。大した火ではなかったのだ。

じろりと東洋人――シノビを一瞥《いちべつ》した顔には、隠しようのない感嘆《かんたん》の色があった。

おれの口は半ば開いていた。

バリスターの足が火に包まれる寸前、彼が吐き捨てた煙草《たばこ》に、霧のようなものが放射されたのだ。シノビの口から。燃え上がる寸前、おれの鼻を衝《つ》いたのはアルコールの臭いだった。間違いない。シノビは胃に納めたウィスキーを霧状にしてバリスターの煙草に引火させたのだ。

だが、奴の顔から煙草までは三メートル以上ある。あの霧状のウィスキーをそこまで飛ばせるとは、どんな呼気をしてやがるんだ、この日本人は⁉

そのとき、馬の交換に当たっていた若者が二人、ウィンチェスターを手にとび込んで来た。

「三人とも椅子に縛りつけろ」

とドクが命じた。二人はカウンターの方を見て、亭主がうなずくと、肩を押さえている二人にライフルを向けた。

シノビが訊いた。

「殺さなかったのか？」

「おれも人の子でな」

ドクはハンカチを取った。小さな拳銃を握った右手が現れた。レミントンのダブル・デリン

レミントン・ダブル・デリンジャー

ジャー――リンカーン大統領を暗殺した俳優ジョン・ブースが使った小型拳銃の発展型だ。大人の手のひらに隠れるサイズのくせに、上下二本の銃身兼薬室に込められた弾丸は四五口径だから、至近距離なら殺傷力は十分すぎる。眼前のトラブルが日常の賭博師が最も上客だ。

「水だ」

ドクに言われて、亭主が水の入った土甕《つちかめ》を若いのに持ってこさせた。

手ずからそれをバリスターにぶっかけ、ドクはデリンジャーにハンカチをかぶせて、内ポケットに仕舞った。コルトをバリスターの眉間《みけん》に突きつけ撃鉄《ハンマー》を起こした。

「断っておくが、三人のうち二人までは見せしめのために殺す。バリスターてのは覚えているが、おまえよりずっと年上だった——誰に頼まれた？」

　こういう場合、相手はまず、本気かどうかを探ろうとする。ドクは間違いなく本気だった。

「素性はわからねえ」

　バリスターと名乗った男は、ドクを見上げた。弱弱しい声だ。鼻から胸もとにかけて、真っ赤な世界地図が描かれている。

「一昨日、カンザス・シティの酒場にいた時、ジェドって男から声をかけられた。役人みたいな感じの男だった。あんたが今日、ここへ来るって教えたのもそいつだ。その場で金を貰って引き受けた。バリスターのことも、そいつの入れ知恵だ。おれはコーヒルってもんだ」

「いくらで受けた？」

「——ひとり一〇〇〇ドルだ」

「三〇〇〇か——大金だな。おれにも紹介してくれよ」

　ドクがうすく笑った。バリスターとコーヒルは恐怖の眼を見開いた。

「——頼む、助けてくれ。もう狙わねえ。金もやる」

　ドクは小さくうなずいた。

「いいだろう。さっさと出せ」

「前金は半額だ」

「いいとも」

　いきなりデリンジャーが吠えた。

　コーヒルの右肩に穴が開き、長い苦鳴《くめい》が噴き上がった。

「仲間だろ。つき合いは良くしねえとな」

たったそれだけの理由で、無抵抗の相手に一発ぶち込んだ男が二人を見やった。

まずコーヒル、続いて他の二人から五〇〇ドルずつ巻き上げて、ドクは三人を追い出した。砂嵐の荒れ狂う中を悄然と去って行く騎馬姿は、敗者のそれだった。全員右肩を射たれている。医学には素人のおれでも、二度と銃が射てないのはよくわかった。

食堂へ戻ると、ドクは迷惑料だと言って、亭主に一〇ドル渡した。一五〇〇ドルの不労所得があった割にはしっかり者だ。亭主は複雑な表情だったが、何も言わなかった。血で床が汚れたくらいだ。使用人に洗わせりゃ一セントもからない。

いつの間にか、駅馬車の御者と護衛も食堂にいた。

「定刻に出るな？」

とドクが訊いた。御者はうなずいた。それから、日本の若者を見た。

「おまえ、どうする？」

「乗らん」

「どうやってここまで来たね？」

と亭主が訊いた。

「外に馬はいない。ひょっとして歩いて来たのか？」

「そうだ」

「この中継所の周りは四〇マイル（約六四キロ）何もない。そこを水筒も無しで歩いて来たってのか？」

「いや、走ってだ」

絶句したのは亭主ばかりではなかった。部屋中の全員だ。しかし、誰ひとり当然の反応——笑い出しも吹き出しもしなかった。この東洋人の精悍《せいかん》でそのくせ静謐《せいひつ》なイメージには、それを許さぬものがあった。

「まっ、不思議じゃねえな」

と言ったのはドクだ。空のグラスを若者に突きつけて、

「いきなり火の玉がドカンだ——あんただろう？」

「さて」

「ウィスキー、ダブルで彼に」

とドクが言った。続いておれが、

「もう一杯。二人に」

全員の眼がおれに注がれた。そうとも、よく見ておけ、西部の田舎者どもよ。おまえたちの眼の前にいるのは、世に隠れもなき流行作家——ネッド・バントライン様だ。

ドクが訝《いぶか》しげに、

「聞いた名前だ。確か東部の作家だな。ネタ捜しか？」

と訊いた。東洋人は何も言わなかった。

「その通りだ」

おれは堂々とうなずき、

「あんたたち二人を取材したい。応じてくれたら、一時間三〇ドル出す」

と言った。

使用人たちが顔を見合わせた。牛追い——カ

ウボーイの給料が月二五〜三〇ドル。彼らはもっと安いのだ。もう行け、と亭主が言い、使用人たちは去った。御者と護衛もすぐに後を追った。

「悪くはないが、面倒だ。こいつは遠慮なくいただくが」

こう言って、一気に空けるや、激しく咳き込んだ。

「ドク・ホリデイ——こんなところで本物に会えるとはな」

推測が適中したのを知って、おれは満足した。本名は彼が名乗った通り、ジョン・ヘンリー・ホリデイ。ジョージアの名家の出だ。ペンシルヴァニアの医科大学を出て歯科医になったが、この頃から胸を病み、咳き込む医者に歯を見せる患者もおらず、乾いた空気がいいという俗説に従って西部へ来た——ここまではわかっているが、この調子だと結果は凶と出たな。

「あんたのことはワイアット・アープから聞いている。法の守護者と無頼の賭博師が親友てのは実に面白い。いつかその辺のことを聞きたいと思ってたんだ」

ドクはカウンターの方を向いた。その背中には、「拒否」の紙が貼りついていた。深追いはしなかった。正直、もうひとりの方に、百倍も興味を覚えていたのだ。四〇マイルもの道を徒歩で来るのはまあ信じられるとして、走ってなんか絶対に嘘っ八だ。それを信じさせてしまう雰囲気が、おれの作家魂に火を点けた。少なくともおれの知っている保安官や無法者、騎兵隊員やアパッチとは別人――というか別世界の人間だ。

「あんた、名前は？　おれは名乗ったぜ」

　こう切り出すと、

「シノビだ」

「ＳＨＩＮＯＢＩ？　本名か？」

「いいや」

「――まあいい。ここまで走って来たと言ったな？」

「ああ」

「どこからだ？」

「ドノヴァン峡谷からだ」

「よせやい」

　と言ったのは、カウンターの向こうの声だった。亭主が苦い顔をシノビへ向けて、

「あそこまでは一〇〇マイル（約一六〇キロ）だ。ホラもいい加減にしろ。中国人てのは薄気味悪いが、こんな嘘はつかなかったぞ」

　余計なことを、とおれは吐き捨ててやりたかった。当人がそう言ってるんだ。これほど確かなことがあるか。

「あれだ――走ったってのは一〇〇マイルも休みをとらなかったって意味かい？」

　おれは眉をひそめた。

「そうだ」

「しかし、あんたはここに入って来た時、少しも息を切らせてなかったぞ」

「一日四〇里《RI》」

　とシノビはつぶやいた。

「何だ、そりゃ？」

「日本の単位だ」

驚いた。ドクの台詞《せりふ》だったのだ。

「確か――キロで一六〇。一〇〇マイルってことになる」

「それがどうした？　まさか、一日一〇〇マイルを走り通せるってこっちゃねえよな？」

つい、言い方に地が出た。

「平均だ。おれは一八〇里走れる」

おお、とおれは胸の中で絶叫を放った。

こりゃ嘘だ。だが、眼の前に二〇〇マイルを走破できると静かに断言した人間がいるのだ。これほどのネタはあるものか。

「なあ、あんた、ここで一〇〇マイル走れとは言わん。何か他に出来ることないか？　例えば、名うての拳銃使いを射ち斃《たお》したとか。スーかアパッチかコマンチをまとめて一〇人も殺したとか」

「アパッチに追われて逃げたことはある」

「地味だなあ。ダニエル・ブーンは一〇人のショショネ族に追われたが、二日二晩走り続けて何とか逃げきったぞ」

シノビに偉大な開拓者の名前と伝説の知識があるとは思えなかったが、彼は こう訊いた。

「相手も走ってか？」

「あたり――」

まえだと言いかけて、おれは息を呑んだ。

「アパッチは馬で追って来た」

静かな言葉を聞いても、想像通りだと思っただけだった。

ついにドクが振り向いた。典雅《てんが》だが、気難しそうな顔に、呆れたに近い感嘆の表情が浮かんでいた。

「大したホラ吹きだな、日本人《ジャパニーズ》。証明できれば西部一の人気者になれるぞ」

こいつも余計なことを。証明なんかしなくていいんだ。聞け、おれの頭の中に揺曳《ようえい》しているタイトルはこうだ。

シノビ／神秘の国日本から来た超人《スーパーマン》――口から火を吹き大熊をステーキに！　アパッチの馬より速く地を駆ける！

「なあ、ひとつ教えてくれ」

と亭主がカウンターから身を乗り出した。小《こ》莫迦《ばか》にしたような声である。

「あんた、アパッチが諦めた時、奴らの方を見たか？」

「ああ《イエス》」

亭主の唇をうす笑いがかすめた。

「そうかい、そうかい。そのとき、あいつら馬を止めてたよな？」

「そうだ」

「何か、あんたに向けて言ったかい？」

「いいや。先頭の三人が右手で天を指した」

亭主の顔の真ん中で驚愕《きょうがく》が爆発した。それが敬意に変わるまで、二秒とかからなかった。

「アパッチの先頭が右手で天を示すのは、相手に対する最大の敬意だ。それを行うのは三人と決まっている。白人で知ってる者は当然、ほとんどいない。彼の話は本当だ」

おれたちの驚愕の視線の中で、若い日本人は得意そうな、そうでもなさそうな――東洋人としか言えない表情で、前方の窓の外を見つめていた。

それを追ったおれが見たものは、ガラス窓の外をなおも砂塵吹き荒れるニューメキシコの荒野だった。

3

「そう言われても、信じられんな」

ドクが光る眼でシノビを見た。

「足と持久力の他に特技はあるのか、日本人？」

「特技はない。今のは普通のことだ」

「ほお。なら、これでその普通のことが出来るか？」

ドクはカウンターから離れ、手近のテーブルに歩み寄って、コートのポケットからカードの箱を取り出し、裏を上に向けて、扇《おうぎ》状に広げた。

「カードを当ててようなんて、子供の芸当は無しだ」

ドクは何を期待し、シノビは何をやらかすか、想像してみたが、何も出て来なかった。

シノビは何も訊かず、右の手のひらをカードの右端に乗せて全体をひと撫《な》でした。

おれも亭主も、ドク本人も興味津々《きょうみしんしん》たる様子は隠せなかった。

シノビは中ほどから無造作《むぞうさ》に一枚取り上げて、表は見ずに、

「ハートの３」

言いざま、手首の動きだけでカウンターの方へ投げた。

ウィスキーの瓶《びん》が乗っている。その口がきれいに飛んだ。カードは奥の干し壁に食いこんだ。ハートの３だった。

「ダイヤのＱ《クイーン》」

紐《ひも》で吊るした花瓶が床に落ちた。紐を切ったカードはシノビの宣言どおりだった。

「クラブのＪ《ジャック》」

亭主は悲鳴を上げて、カウンターに乗せた右手を見た。人さし指と中指の間に突き刺さったカードは、確かにそれだった。

「スペードのＡ《エース》」

シノビの右手が自分の方へ向いた、と見た刹那、ドクの右手が腰へと走った。

彼は眼球だけを動かして、自分の胸元を見下ろした。

ボウタイの結び目に、スペードのＡはその角隅《かたすみ》を食いこませていた。ドクの六連発は撃鉄も起こせずホルスターに収まっていた。

愕然《がくぜん》とコルトとシノビを見比べるドクへ、シノビは右手の指を鳴らした。

途端に撃鉄は上がった。しかしだ。

「今まで撃鉄は動かなかった。何をした？」

そのとき、御者がやって来て、出発を告げた。

一切の未練を断ち切るように、ドクはドアへと歩き出した。シノビは動かない。

ドクはおれを見た。

「ここで下りる。また会おう」

それを聞くと、ドクはおれの前に右手を突き出した。

「三〇ドルだ」

「五分もインタビューしていないぜ」

おれはポケットから五〇セント銅貨を一枚掴み出して、手のひらに握らせた。

「ワイアットもケチな奴と知り合ったもんだ」

彼はカウンターの方を向いて、シノビを指さし、

「ダブルでな——おれの奢りだ」

放られた硬貨を亭主が受け止めて、口の飛んだ瓶から酒を注ぎはじめた。硬貨はおれの金だ。

シノビがグラスを手にした時、ドクの姿はなかった。

「おれはあんたと一緒に行くぜ。いいだろ?」

こう言い置いて、馬車から荷物を下ろさせるべく、おれも外へ出た。

「本当に乗らんのか?」

左を歩くシノビにおれは横合いから声をかけた。駅舎を離れて二時間。空は青く煙り、おれたちは峠道に差しかかっていた。

「二頭いるんだ。一頭はあんた用に使ってくれ」

駅舎で購《まかな》ったものである。どちらも若くてパワーに溢れている。二頭は高くついたが、大ベストセラーのための投資だと思えば安いものだ。

「それはあんたの馬だ。おれは好きで歩いている」

無愛想な返事が来た。

「断っておくが、あんたのために割く時間はない。アパッチが襲って来たら、ひとりで逃げるぞ」

「それは構わん」

おれは馬上で大きく合意の合図を送った。うなずいただけだが。

「だが、それまで道連れといこう。色々と日本の話も聞かせてもらいたい。むろん、出版を前提としてな。金は払う」

「前金だ」

「いいとも！」

結局これだぜ。神秘的な日本人も、金なしじゃ生きていけないってこと。現実は厳しいんだ。

「ただし条件はつける。自分の身は自分で守ること。必要とあらば、おれはいつでもあんたを見捨てる」

「いいとも」

「取材は一日二時間――それで六〇ドル。一〇時間分は前金だ」

「わかった」

おれは一〇〇ドル札を三枚、取材元に手渡した。

「おれの方からも条件がある。これは独占取材だ。おれみたいな奴が甘言《かんげん》を弄《ろう》して近づいて来ても、一切取材に応じるな。世間話もいかん。約束を破ったらその場で破棄だ。前金は返してもらう」

「承知した」

「もうひとつ――全て真実を話せとは言わん。だが、嘘をつくなら派手にやってくれ。おれが首を傾げるような出鱈目でも、本当だと言い張れ」

「承知した」

少し呆れた風だった。東洋人が生真面目《きまじめ》なのはわかっている。おれのようなタイプには慣れていないのだ。

「良く聞け。嘘もつく方が信じていれば真実になる。そして、読者たちはただの真実より面白い嘘を望むのだ」

「そういうものか」

「そうだ」

おれは自信たっぷりにうなずいて見せた。

「ところで、どこへ行く?」

「リンカーンだ」

「奇遇だな。おれもだ。まさか何かの取材じゃあ、あるまいな？」

「人捜しだ」

「ほお、日本人か？」

「そうだ」

「あんなところにも入っているのか。東洋人ってのは凄いなあ。家族かい？」

「いいや」

「赤の他人か？」

「そうだ」

「じゃあ、なぜ捜しに行く？」

「殺すためだ」

「おい——穏やかじゃないなあ」

内心、歓喜に踊り出したかった。やっぱり、こいつは普通じゃなかった。同行した甲斐《かい》があったぜ。

「そいつの名は何てんだ？」

「五人いる」

「五人!?」

もう心臓がイキそうだ。

「全員、日本人か？」

「そうだ」

あることを思いつき、恐る恐る訊いた。

「みな——あんたと同じ奴か？」

「そうだ」

死ぬ死ぬ。

「五人まとめて戦うつもりか？」

「いざとなればな。リンカーンにいるのは二人だけだ」

「西部中に散らばっているのか？」

「ひとりはワシントンと聞いた」

「ワシントン!?　そんなところで何をしてる？」

「さて」

「まさか、政府に雇われてんじゃないだろうな？」

シノビの眼が光ったような気がした。

不意に左右の岩陰からバンダナで顔を覆った男たちが現れ、前方を塞いだ。いつの間にか、おれたちは峠を登り切っていたのだ。そして、こいつらは待ち伏せ専門の強盗団に違いない。

危ない、と感じる前に、おれはシノビが二本足だけで峠を極めたことに驚いた。ここは「天国への階段」と呼ばれる難所中の難所なのだ。夏のさなかや吹雪の日に挑戦して、無謀と気づいたのはあの世——なんて例はいくらもある。

「よく来てくれた。あんまり獲物がかからねえんで、商売替えを考えていたところさ」

強盗団のリーダーらしい、つぎはぎだらけの革コートを着た男が笑った。他に五人——みな六連発を構えている。

「駅馬車が通ったはずだぞ。向こうの方が獲物は大きい。なぜ、おれたちを狙う？」

「遅れちまったのさ」

リーダーは苦い声で言った。

「遅れた？　駅馬車を狙うつもりだったのに、先に行かれたってことか？」

「ああ」

声を聞くとまだ若い。

「こんな仕事はやめて、正業に就いたらどうだ？　何なら口を利いてもいいぞ」

「口を？　誰にだよ？」

リーダーの後ろにいたノッポが肩を寄せた。

「州知事にだ。おれはネッド・バントライン。西部でも有名な作家だ。ニューメキシコの知事・アクステルは良く知っとるぞ」

「おやおや、いきなり超大物とご対面か」

リーダーが肩をすくめた。

「知事の知り合いが、どうして中国人なんかと一緒にいるんだ」

「日本人だ」

シノビが応じた。一同は顔を見合わせて、

「日本人？　こいつは珍しい――と言っても、正直わからねえ。中国と違うのか？」

「近所だ」

「ほお。ま、何でもいい。とにかく金目のものはみんな出せ。財布も武器も時計もだ」

リーダーは凶暴な口調になった。コケ脅しとわかっていたが、若いのはすぐキレる。彼らが最も憎むのは物知り顔の大人なのだ。

ひとりがおれのところへ、もうひとりがシノビの前へ廻った。

シノビが前へ出た。

「動くな」

と前の男がコルトを向けたが、シノビは止まらなかった。

「莫迦野郎」

男は引き金《トリガー》を引いた。

第二章　リンカーン郡の戦争

1

　銃声と倒れるシノビを想像して、おれは石と化した。

　だが、コルトは火を噴かなかった。シノビの左手が男の鳩尾《みぞおち》に吸い込まれた。

　音はしなかった。筋肉だらけの鳩尾でも、打たれれば音がする。それがしなかった。男は上半身を折り曲げて倒れた。

「この野郎《ガッデム》」

男たちがコルトを向けた。なぜ発砲しないのか、おれにはすぐわかった。ドクの時と同じだ。撃鉄が落ちないのだ。

　何度引き金を引いてもびくともしないコルトを、男たちは振りかざしてシノビに突進した。どいつもシノビより大柄だ。殴り合いになったら、勝負は眼に見えている。

　重い弧を描く鉄塊との遭遇を、シノビはことごとく躱《か》わした。間一髪でよけたのだろうが、確認は出来なかった。ギャングどもの攻撃は全て空を切り、そして崩れ落ちた。

　ボクシングでは顎のＫＯ《ノック・アウト》は天国だが、腹部《ボディ》のＫＯは地獄だという。地獄の苦痛にのたうち廻る男たちを見下ろすシノビの両手が、人差し指をのばしていることにおれは気がついた。

音がしないのも道理だ。この東洋人は拳《こぶし》ではなく、人指し指一本で、荒くれどもの腹筋を突き破ったのだった。

少し呆れ返ってから、おれは手近に倒れたリーダーに近づき、謎の解明を試みた。コルトはなぜ撃発《ファイアリング》しなかったのか？

リーダーの落としたコルトを拾い上げた途端、謎は解けてしまった――ような気がした。

撃鉄《ハンマー》から銃把《グリップ》にかけて、細い糸のようなものが絡まっているのだ。

ひょっとしたら、これが、撃鉄が落ちるのを止めたのか？　だが、どうやって？

「忍法《NINPOU》・髪縛り《KAMISIBARI》。おれの髪の毛だ」

シノビの声と同時に、それはほどけ落ちた。

おれは声の主を見つめ、ギャングどもを見下ろしてから、コルトを地面に向けた。引き金を引いた。

反動、銃声、砂煙――掟通りだ。

「ＮＩＮＰＯＵ――って何だ？　それを使うと髪の毛を自由に操れるのか？」

地面に落ちたやつをつまんだ。シノビの言った通り、髪の毛だ。

「あんた一体――何者だ？」

あっさり返って来た。

「日本の忍者《NINJYA》なる者だ」


その晩、おれはシノビから、ＮＩＮＪＹＡについて、詳細なレクチャーを受けた。

若いギャングどもは、馬と武器と食料を奪って放置した。棲《す》み家《か》へ戻る頃には悪さもしなくなるだろう。

シノビの脚力とタフネスには正直、恐れ入った。

峠を下って一〇キロ以上歩いても疲れる風もなく、休みを取ったのも陽が落ちてからさらに一〇キロは進んでからだった。

「もう真っ暗だ。なのに、あんたはフクロウみたいに夜でも眼が見えるのか？」

「星がある」

「なぜ馬に乗らないんだ？」

「馬を疲れさせないためだ。それと――休むと癖になる」

シノビは昼間と少しも変わらぬ声で告げ、それでも道の外れで野宿することに同意した。金を渡していなかったら、おれを置き去りにして独歩行を続けたに違いない。

石と木切れで簡単な炉を作り、フライパンに乗せたベーコンと豆を炒めて夕食をこしらえた。駅舎を出る時購入したものだ。

「食うか？」

と皿に乗せて出すと、礼を言って受け取った。器用にナイフとフォークを扱うのを見て、

「この国は長いのか？」

と訊いてみた。

「半年になる」

「それにしちゃ、言葉が達者だな」

「おれの仕事は、情報の収集と伝達だ。言葉が伝わらなくては何もならん」

「ふむ。それにしても大したもんだ。西部へく

る前に、英国にでもいたんじゃないのか」

「それまでは日本の山奥だ」

「山奥？」

「忍者は戦乱の世が終われば用済みだ。おれは師からそう教わったし、おれもそう思った。そのまま行けば、滋賀の山奥で一生畑を耕して終わったろう」

心臓が、どんと来た。最も知りたいことが、正にそのスタートからベールを脱ぎつつある。

「待て。メモを取る」

上着から鉛筆とメモ帳を引っぱり出した。前に記憶した分も後で書き留めておくつもりだったから、ちょうどいい。

鉛筆の先をひと舐めして、さあと促した。

「――おれは日本の滋賀にある村で生まれ、村長《むらおさ》から忍法を学んだ」

とシノビは語り始めた。

忍者とはそもそも、ある場所へ人知れず侵入し、極秘情報を持ち帰るための技を駆使する者を指し、数多くの国家とそれを統治する〝大名〟たちが抗争を続ける〝戦国時代〟に好んで雇われ、暗躍《あんやく》したという。

伊賀・甲賀を代表とする大小の流派が日本中に散在し、シノビは伊賀衆のひとりであった。ただ、彼の属した一族は、通常のシノビの範疇《はんちゅう》を超えた技を身につけ、伊賀衆の中でも、異能と見なされ、独立した集落で日を送っていた。後の大名・織田信長による忍びの大殺戮《だいさつりく》――〝伊賀攻め〟に際しても、そのせいでひとりの犠牲者も出さずに済んだ。信長の魔手を逃れた伊賀の忍びたちは、やがて日本の支配者となる徳川家康を頼り、〝御庭番《ONIWABAN》〟と呼ばれる特殊捜査員として重用されたが、シノビの一族はそれに与《くみ》せず、距離をおいて山中に隠棲し、むしろ商人を始めとする庶民の依頼を受けて、闇の力を振るっていたのである。

時が移り、徳川の世も終わって明治《MEIJI》に入ると、その五年後、村長《むらおさ》は忍びとしての仕事は一切停止し、農夫として生きる旨を宣言した。

「そのとき、おれは二〇歳を過ぎたころだったが、正直、勿体なくもあった」

村長は平和な世と言ったが、霧と森に閉ざされたような山村にも商人は来る。里へと下りる用事もある。その折に耳にする明治の世は、決して平穏なものとは思えなかったのである。

シノビも若かったが、村人の中――特に二〇代後半から三〇代に及ぶ壮年者たちは、不満を露《あらわ》にした。彼らが身につけた忍法を、いかに時代が変わったからといって、おめおめ埋もれさせてしまうのは、その過酷凄烈な修業を耐え抜いた精神《こころ》が潔《いさぎよ》しとしなかったのである。

そして、昨前――明治一〇（一八七七）年の初春に、七人の男たちが村を去った。万が一のためにと、代々の村長が秘蔵していた金塊を奪い、追いすがる村の仲間たち六人を殺戮した上で。

反抗者たちの名前は、

呪万寺《じゅまんじ》 玄斉《げんさい》
浮舟《うきふね》 千源《せんげん》
赤城《あかぎ》 左京《さきょう》

宗《そう》　犬之介《けんのすけ》
座頭坊《ざとうぼう》
暁雲《ぎょううん》　陣十郎《じんじゅうろう》
刀根《とね》　瑠璃丸《るりまる》

である。

意外なことに、長はそれ以上の追跡をかけなかった。

「おれ同様に、奴らの気持ちがわかったのかも知れん。あれだけの金塊を取って逃げたのなら、七人が商売を始めても十分に暮らしていけるだろうと考えたのかも知れん」

だが、その予想は半年もたたずに覆《くつがえ》されてしまう。出入りの商人から、各地での奇怪で残忍な盗賊の所業が明らかになったのだ。

東京の日本橋にある呉服屋の場合は、ある夜の地雷で、主人一家と店の者全員が倒壊した家屋の下敷きになって死んだが、後の調査で、一〇万円もの大金が奪われているのが判明した。

また、近所でも揺れを感じたものの、つぶれたのは呉服屋一軒だけで、ひょっとしたら誰かが起こした地震ではないかとの噂も立ったという。

また、大阪の金融業者《KANEKASHI》の店も同じく全員虐殺の血風が吹いたが、現場の様子では、ＢＡＮＴＯＵ《マネージャー》ひとりが凶刃を振るったとしか思えず、彼が犯行後、自らの喉を突いて自害したことから、恨みの犯行と断定されかかった。何者かがＢＡＮＴＯＵ《マネージャー》を脅して一家を殺害させ、蔵の中身を奪った後、自殺に見せかけたと訂正されたのは、金庫の中身が空だったためである。

謎のまま残ったのは、このBANTOU《マネージャー》が誠実忠義この上なく、たとえ殺されても主人一家を手にかけるような人間ではないと、店に出入りする者全てが断言したことである。鬼に憑《つ》かれたのだと、誰もが口を揃えた。

だが、シノビの長と村の者たちは違った。長はシノビともうひとりを呼び、いかに時間がかかろうとも、この村で学んだ忍法を使役《しえき》して災いをなす者を抹殺《まっさつ》せよと命じた。

シノビたちは村を発《た》った。

凶行の様子から判断すれば、七人はいくつかのグループに分かれている。連絡を取り合っているかどうかは不明だが、単独犯としか思えない現場もあり、シノビたちも二人ずつ四組に分かれる策を取った。連絡はひと月ずつ、決まった場所で会ってと決めた。

だが、ひと月後、集合したシノビたちを待ち伏せていたのは二人の敵――刀根瑠璃丸と赤城左京であった。死闘の結果、かろうじて仕止めたものの、シノビも荒野の道を共に行く相棒を失った。残る五人をひとりで斃《たお》す――それはほとんど絶望的な道行きであった。

2

五人の犯行と思《おぼ》しい事件は、その年の九月に横浜で起こった。

日本で最も古い外資系銀行「香港上海銀行」日本支店が襲撃され、日本円で五五万円が奪われたのである。

　居合わせた行員、客たちが全員殺害されたため、犯行の詳細は不明だが、全員、野獣の牙か爪と思しき凶器で喉を裂かれていた。

「忍者は野獣を使うのか？」

　おれの問いに、シノビは答えず、

「そのとき、おれは静岡にいた。事件を知ったのは二日後だ。その日のうちに横浜へ入って、担当の刑事から事情を訊いた」

「ちょっと待て。刑事に知り合いがいたのか？」

「いいや」

「じゃ、どうやって」

　これも即答はなく、

「五人は翌日の桑《サンフランシスコ》港行きに乗船したとわかった。客ではなく、船員として雇われたのだ。幸い、同じ目的地へ向かう船が五日後に出る。おれも奴らの轍《てつ》を踏むことにしたんだ」

「しかし、彼らもそうだが、パスポートはどうした？」

「偽造だ。こしらえてくれるところは、横浜にいくらでもあった」

　おれは納得した。若い頃は海軍にいた。そんな話は山ほど聞いている。

　桑《サンフランシスコ》港に着いたシノビは、金鉱堀りの手伝いを――せず、酒場の用心棒になって金を貯め、五人の情報を収集した。今の彼を知らなければ、大ボラだと思うところだが、荒くれ者の五人や一〇人、束になってもこの小柄な日本人の敵ではないと断言する。言葉の方は、五〇日近い航海中に、覚えてしまったそうだ。

一八四一年に発見されたカリフォルニアの黄金はすでに掘り尽くされていたが、続く三〇数年の間に、ネヴァダ、コロラドと次々に鉱脈が発見され、各州の鉱山町は猖獗《しょうけつ》をきわめていた。五人が行くならそこだろう。そして、体得した忍法を振るわぬわけがない。そんな情報が最速で入るのは、日々旅人や商人、流れ者が集まる酒場が最適の場所であった。

はたして、今年の三月の初旬、ミズーリ州リバティからの電信を受けたという郵便局の技師が、二人組の銀行強盗が〈クレイ郡貯蓄銀行〉を襲い、居合わせた保安官を奇妙な武器で即死させた上、馬で逃亡、追いすがる追跡隊はあと一歩のところで二人を見失った。

「丁字型の間道を右へ曲がったはずなのに、後で調べると、蹄の跡は左へ折れていたってよ」

と技師は言い、こう付け加えた。

「リバティの〈クレイ郡貯蓄銀行〉か。そのうち観光名所になるぜ。なにせジェシー・ジェームズ一味と魔法使いに襲われたんだからな」

ジェシー云々は言うまでもあるまい。かのクァントレル・ゲリラの卒業生で、北部系の銀行や列車を襲っては、南部の連中の大喝采を浴びた無法者だ。ちなみに、彼のこの仕事は、史上初の民間人集団《ギャング》による銀行強盗とされている。

シノビはその日のうちに酒場をやめ、ミズーリへと向かった。馬は使わなかった。休憩時間を計算に入れても、彼の方が速かったからである。信じられん。

一五日でミズーリに入った。もっと信じられん。

だが、銀行強盗以来、忍者たちはなりを潜め、沈黙を守っていた。ギャングの常套《じょうとう》手段だ。普通ならまず見つかるまい。しかも、相手はシノビと同じ忍者とやらなのだ。

「ほころびは彼らの自信から生じた。上手く行き過ぎたのだ。自分たちの忍法を駆使すれば、ろくに警察の力も及ばない西部の田舎町での犯行など、赤子の手をひねるようなものだと思いこんだ。事実、その通りだ。だから、図に乗った。おれがリバティに着いた二日後に、今度はさして離れていないカンザスのアビリーンで、またやらかした」

保安官事務所に入った電報で、事件を知ったシノビはアビリーンへ急行し、ついに強盗の居場所を突き止めた。

——どうやって、電報を読んだのだ？——シノビはアビリーンへ急行し、ついに強盗の居場所を突き止めた。

ひとり——浮舟千源は討ったが、宗犬之介は逃げ、シノビも負傷した。アビリーンの町で傷を癒すのに二日、それからニューメキシコのリンカーンでの大騒動《ディスターバンス》でそれらしい技が振るわれたと、これも電信で知るや、アビリーンを去った。どこへも寄らずに直行するつもりが、さすがに負った傷が痛んで、ひと休みにと入ったところが、おれのいる中継所だったというわけだ。

「いくらあんたの仲間でも、あんたと戦ってすぐ、リンカーンで暴れるのは無理だ。この国へ来て、彼らはバラバラになったってことか？」

「多分な」

「そりゃ捜し出すのが大変だ。ま、二人と三人なのかも知れないが。ところで、横浜やリバティでの犯行を愚考するに、いくらあんたの仲間とはいえ、到底人間が手を下したとは思えん節がある。あれも忍法でくくれる技か？」

「そうだ」

「しかし、横浜の事件など、いくら考えても、あんたの実力をこの眼で見ても、まだ人間技とは思えん」

「じきにわかる。おれといればな」

にやりと笑った。

「なんだか、怖くなってきたよ」

おれは正直に言った。

「なら、行け。金は返さん」

「おいおい。ここまで生き死にを共にして来たんだ。金だって払ってる。最後まで付き合うさ。あんたのことを書きゃ、絶対に、アメリカ一のベストセラーになる。ネッド・バントライン再び夢の超ヒットだ」

正直、おれは焦っていた。そりゃ、おれの名前を出せば東部の出版社は一も二もなく頭を低くして執筆を乞う。それは過去の実績によるものだ。目下のおれは、ネタも尽き、筆鋒《ひっぽう》も鋭さを失い、作品は萎縮《いしゅく》の極みを迎えている。このまま何年か過ぎれば、みなおれの名前を聞いても首をひねり、新作は一顧だにされなくなる。誰も指摘はしないが、おれには良くわかる。今回の西部行きはおれにとって作家人生最大の賭けといっていい。のるかそるかとは、今のおれの置かれた立場なのだ。何が起きようと、目の前の日本人を手放してはならない。

「で、その忍法だが」

これこそ、今回の大要《かなめ》と理解しながらも、だからこそ、恐る恐る切り出した。

「極秘だ」

シノビはあかんべをした。すぐに反応できなかった。何だ、こいつは？　と思った。

「ユーモアのつもりか？」

と訊いてみた。

「うむ《イエス》」

「面白い」

「受けて幸いだ」

シノビは面白くもなさそうにうなずいて、続けた。

「もと仲間といっても、お互いに手の内は知らん。闘争に際して、それを知るのと知られるのとで、死命が決するのでな」

「ふむふむ」

引くことに決めた。懐中時計は零時を告げている。焚《た》き火に枯れ枝をくべて、毛布にくるまった。シノビは毛布無しだ。気になったが、当人はどうでもいい風情《ふぜい》だった。一応、春だし、ワイオミングやモンタナよりマシだ。あそこの冬は文字通り血も凍るからな。

翌日、馬に鞍を乗せていたところへ、

「やっと楽になってきた。急ぐぞ」

ときた。

それはいいが、今までキツかったのかと、度《ど》肝《ぎも》を抜かれた。

おれが鞍上人になるや、シノビは走り出した。

うわ、と声が出た。

馬より速いのか!?

これが間違っていないのは、こっちも疾走を開始してわかった。

距離が縮まらない！

また納得した。これなら徒歩を選ぶわけだ。

驚きの次は、興奮の波がやって来た。

本の惹句《じゃっく》はこうだ
君は、馬車より速い人間《ひと》を見たか！

しかも、いつまで経ってもスピードが落ちないのだ。おれの五〇メートル前方を、彼はすでに一時間も駆けている。

徐々に別の感情が芽生《めば》えてきた。

——こいつ、本当に人間か？

これは恐怖だった。

頬を何かがかすめた。ひゅん！と空気が裂けた。

前方の地面に刺さった矢が後方へ遠去かる。

振り向いたおれの眼に、右側の丘陵から押し寄せる人馬の群れが映った。

コマンチだ。

騎兵隊を翻弄し尽くしたアパッチでさえ三舎を避けるという、先住民最強の部族だ。

この辺で暴れているという噂は聞かなかったから、あまり気にしていなかったが、甘すぎた。

左右を不可解な風音が通り過ぎた。

「わわわ」

馬の腹を蹴飛ばした時、シノビが停止するのが見えた。

彼の前にも、コマンチの一団が押し寄せて来るのだ。二段構えか。たかが二人相手にご苦労なこった。

集団はおれたちを取り囲んだ。どいつもこいつも殺気だらけだが、即座に殺すつもりはないらしい。馬と武器は奪われた。ここだけの話、おれは小説でアパッチやコマンチを徹底的に悪党に描いてきたが、本心は少し違う。

アメリカの先住民は本来善良な民《たみ》なのだ。彼らは自然を愛し、万物に霊魂を認めた。風にも木にも石にも雨にも霊＝神が宿り、彼らと交渉するために、生活のあらゆる局面で霊的な儀式が行われたのである。この辺は正直、おれにも良くわからない。彼らは、土地も神聖なものだと考えた。だから、生きるために一部を利用するのは、神との交渉によって許されるが、個人で所有するものではなく、共同体全員に属する存在なのだと主張する。おれたちに言わせると、土地ってのは契約によって個人や組織が所有すべきもので、遊ばせておくなんて勿体ない。耕せば無限の農作物が手に入る。売れば金になる。これこそ、ただの土の原《はら》を生かすってことだろう。それに、アメリカは土地が必要だった。おれたちの先祖は、自分の土地所有が国土の拡大に貢献すると、誇りを持って開拓に励んだ。先住民とのトラブルは仕方があるまい。それに勝利しなければ、現在のアメリカはなかったのだ。

だからといって、政治家や軍人が言うように、彼らが野蛮人だとは思わない。おれは前回の西部行きで、スー族の部落に何日か泊まったが、あんなにゆったりした気分で時間《とき》を過ごせたことはなかった。生活の不安とは、おれたちが作り出した社会への帰属から発生する。そこから離れた生活は安らぎそのものだった。別れる時、おれは涙さえ流したのだ。

しかし、この状況で理解を示しても何にもならない。おれとシノビはたちまち殺意に満ちた視線と憎悪に取り囲まれ、数十本の矢を向けられていた。心底、おしまいだと覚悟を決めた。

包囲網の中から、羽根飾りの壮漢が前へ出た。

彼はシノビを見て、何か言った。すると、これも一緒に前進した右隣のコマンチが、

「お前は何者だ？」

とたどたどしい英語で伝えた。

「日本人だ」

こんな状況で、よくもこんな落ち着いた声を出せるものだ。妙な感じがした。コマンチたちとシノビが、何となく似ているように見えたのだ。ひょっとしたら、日本人と先住民には同じ血が流れているのかも知れない。

「ここで何をしている？」

「リンカーンへ行く」

「名は何という？」

「シノビだ」

取り巻きの一角で呻き声が上がった。

「私は、この者たちの首長ダイダランだ。マチータ——おまえを犯したのはこの男か？」

馬に乗った女が現れた。げっ、美女だ。だが、その顔は凄まじい怒りに歪んでいた。わずかな救いは――それに劣らぬ哀しみの翳《かげ》だった。憎悪を湛《たた》えた眼には、涙が光っていた。

それを拭《ぬぐ》って女は首を横に振った。

「いえ。ですが、この男の仲間に違いありません。同じような顔をしていました」

「ふむ。しかし、例えば我々と似ている連中は他の部族の中にもいる。そっくりだから仲間とは限らんぞ」

「ですが、こんな近くに二人もいるとは思えません。それに同じような服を着ていました」

「間違いないか？」

「ありません」

「英語で教えてくれ」

とシノビは言った。首長と女のやりとりは部族の言葉だったのだ。通訳がその任務を果たし、おれにも理解出来た。

「詳しく話してくれ」

とシノビは要求し、これは通訳が説明した。

彼女はここから二キロほど北の森に野営していたが、昨夜、寝支度をしていた時、近くで夫の呼ぶ声が聞こえた。

振り向いたが、いない。彼は見張りに出ていたのだ。

きょとんとしているところへ、また呼ばれた。何の疑惑も持たず、声の方へ歩きだし、木立の間へ入った。

突然、頭上から塊《かたまり》が落ちてきて、眼の前で奇妙な服をきた人間に化けた。

逃げようとしたが、次の瞬間、そいつは眼の前にいて、真っ赤に燃える眼で彼女を見つめた。

意識はそのまま、全身が硬直した。

男は彼女を地面に横たえ、蛮行《ばんこう》に及んだ。

「そいつは三度も私を犯しました」

空気が急に剛性を帯びたような気がした。

「獣のように毛深い男でした。何度も私の肌に爪を立てて。痛かった。でも、気を失うこともできませんでした。気が済むと、奴はこう言いました。SHINOBIと。名前だと思います」

ぐお、と殺気を超えた凶気が全コマンチから噴き上がった。

一騎前に出て、女と並んだ。精悍そのものの若者だ。年齢はシノビとさして変わるまい。女の夫だと勘がささやいた。

3

「おれはマチータの夫・ショリョーネだ。妻が受けた恥辱はおれが晴らす。みな手を出すな。シノビ——相手をしろ」

「まだ彼が仲間と決まったわけではないぞ」

首長が叫んだ。コマンチでもアパッチでもトップの命令は絶対だ。これは軍隊より凄い。

「しかし——」

「シノビとやら、わしの眼に狂いがなければ、おまえが犯人と仲間であるにせよないにせよ、このような真似をする人間とは思えん。だから一つだけ訊こう——そいつの仲間か否か？」

「仲間だった」

首長が何か叫んだ。待てと言ったのだろう。

その横合いを、唸《うな》りをたててひとすじの矢が飛んだ。

どよめきが世界を征した。全員が眼を剥いた。矢はシノビの右手に掴み止められているではないか。

「カミアシュ！」

首長の制止は、呆然としながらも二の矢をつがえた若者の動きを封じた。

「彼は部族一の弓の名手で、マチータの弟だ。無礼は詫びさせる。だが――」

「今は奴らの仲間ではない」

とシノビは言った。慌てた風はかけらもない。どういう神経をしてやがる。


「おれはそいつの生命を狙っている。奴もそれを知って、罠を仕掛けたらしい。昨日の夜までおれたちを尾《つ》けていたのが、明け方近くいなくなったと思ったら、こんな工作をしていたか」

彼は二人のコマンチ戦士を見た。

「仲間ではないと言い、証明することもじきに出来るが、それでは夫と弟が満足しまい。気が済むまで相手になろう。どちらが来る？」

通訳が一同に伝えた。

「おれだ」

ショリョーネが下馬した。

革のベルトについたケースからナイフを抜いた。でかい。広い。厚い。カウボーイや猟師が使うボウイ・ナイフも刃渡り一二インチ（約三〇センチ）を超すが、こいつはひと廻り上だ。力自慢が振れば、人の頭くらいぶっつり落ちてしまうだろう。

上体を沈めた身のこなしも、ナイフの構えも、素人のおれが見てもベテラン——戦士のものだ。

「誰か貸してやれ！」

仲間に声をかけたのは、シノビが素手なのを見ての侠気《きょうき》からだろう。

シノビは片手を上げて一同を制止、右手を腰の後ろへ廻した。

やっぱり——ナイフか。

光がおれの眼を射て、シノビの手にぶら下がった。

確かに鋭く切れそうなナイフだった。だがショリョーネのに比べて、あまりにも短く薄い。サーベルに対する子供用のおもちゃだ。

コマンチたちの顔に薄笑いが浮かんだ。

距離は四メートル。シノビは平然と立っている。

ショリョーネが地を蹴った。六フィート一インチ（約一八三センチ）、体重二〇〇ポンド（約九〇・七キロ）の突きは、シノビの体躯を巨大な渦に呑み込んでしまうかと見えた。

何が起きたのか。おれには良くわからなかった。

光が二すじ閃き、二人は離れた。

「あ!?」

シノビの服は胸のあたりで真横に切り裂かれていた。

おれには信じられなかった。シノビの実力なら、どんな攻撃でもあっさり躱《かわ》し抜けたはずだ。

のみならず、彼はよろめいた。ショリョーネはこれを見逃さなかった。凄まじいショルダー・アタックが、シノビを五メートルも吹きとばし、地面へ大の字にさせた。

その上へ巨体が躍りかかる。ナイフが光った。その巨体が空中で痙攣した。同時にシノビの右足がその腰と尻に激突し、巨体を軽々と前方へ跳ねとばした。

シノビの胸と腹へ黒い光が吸い込まれた。

「あっ⁉」

声が出たのは当然だ。鋭いナイフ状の武器が突き刺さったのは、枯れ草と地面だった。いない！

どこだ⁉――と眼を見張った刹那《せつな》、その隅から緑の影が前方の巨木へと走った。腹這いになったショリョーネの下から分離したものだ。蹴った当人が蹴られた相手にくっついて、一緒に吹っ飛ぶ。こんなことがあり得るか‼　どこかから光るすじが緑色の衣裳を貫いた。――と見えたが、シノビの姿は巨木の枕元に貼りつくや、どこに手がかりがあったのか、いや、あったにしてもありえない速さと滑らかさで上昇し、枝葉の中に隠れた。

驚きがコマンチたちを包んでいた。日本人の動きは、彼らの想像を絶したのだ。

それきり、枝は微動だにしない。攻撃者もシノビも巨木に呑みこまれてしまったのではないかと思った――途端にずんぐりした物体が枝葉を弾いて宙に舞った。音もなく着地をした時には、こちらも人間とわかっていた。シノビと同じ型の衣裳を身につけた男だった。陽灼けした顔が、茶の衣装に溶け込んでいる。右肩に赤い染みが広がっていくのを見て、マチータが悲鳴を上げた。

男は四つん這いでこちらを睨みつけ、すぐ木立ちの方へ向き直った。

虚空にもうひとりが躍った。男の前方に舞い下りたのはシノビだった。

「宗犬之介」

とシノビが呼びかけた。日本語だ。以下の会話は後でシノビから聞いたものだ。

「コマンチにやられたふりをして誘ってみたが、おのれの不得手な木の上から襲ってくるとは予想外だったぞ。なぜ銃を使わなかった?」

男――宗犬之介は後足で地面を軽く蹴った。獣の仕草そのものだ。

「これでも忍者でな。同類とやり合うなら、本来の姿でと思ったまでだ」

「しくじったな」

「なんの――戦いの場は平地に移った。おれの世界だぞ、シノビよ」

「ならば、そこから冥土の旅を始めることだ」

「平地でのおれの術の冴え――初見であろう。よおく見ておけ――見納めだぞ」

しゃべっている間、犬之介の身体に生じつつある変化に、おれは気がついていた。

顔色が黄土色に変わっていく――剛毛が埋めているのだ。鼻面が伸び、背骨が湾曲する――肘と膝が変形を開始した――獣のように。

この日本人は獣に――犬に変わりつつあるの

だった。

コマンチの戦士たちは声もなく凍結していた。

「横浜の銀行を襲ったのはおまえだな。惨《むご》いことをしたものだ」

「おれたちとこの術に日本は狭すぎたのだ。ここは広い、自由も大きい。思うさま、身につけた技を振るって生きられる。そのために、おまえは邪魔だ。だから、今度は逆におれが追いかけた」

「なぜ、仲間と分かれた？」

「玄斉さまが別の方向へ走ったからだ」

このとき、意味はわからなかったが、忍者――いや、人犬《ひといぬ》の声に悲痛なものが混じった。

「おれたちは、自由に生きたいだけだった。術を駆使すれば、好きなものはいくらでも手に入る。この国では州境を越えれば、追手は来られない。伊賀の山中に負けない大自然には、いくらでも食糧になる獣がいる。果実がある。おれたちのための世界に思えた。しかし、玄斉さまは満足されなかった。ある日、辺境に我が望みのもの無し、と宣言され、わしは都へ行く、我が会得《えとく》した術の目的がようやく明らかになった。わしは、この国の政府を意のままに操り、この国を動かしてみせる。これぞ、忍法の辿り着くべき最高の境地よ――こう言い残して去った。残ったおれたちも、各々自由な道を歩むことに決めた」

「その道の果てが銀行強盗と人殺しか。うぬら、忍者の風上にも置けぬ奴」

シノビの声は、静かな怒りに満ちていた。

「おれたちにとっての自由とはこういうものよ。おまえも、つまらぬ責務《せきむ》など捨てて、どうだ、おれと組まんか。里随一の忍法者と、玄斉さまと並び称されたおまえの技に、おれの忍法〈犬神〉が加われば、この大西部に怖いものはない。残る座頭坊も暁雲陣十郎も、いや玄斉さまとて討てるぞ」

すでに犬そのものに変わった顔が、これは明らかに人間の卑《いや》しい笑いをうかべた時、その顔面が柘榴《ざくろ》のように弾けた。これも後で知ったのだが、シノビが投げたマキビシという武器のしわざであった。これは四方に釘を露出させたものので、逃亡の際、追手の足下に撒《ま》いて追撃を封じるが、シノビは武器として使用するという。

だが、人犬は前足でそれを掻き捨てた。顔はみるみる復元した。

「犬と化したおれは不死身よ。シノビよ、木の上で斃《たお》しておくべきであったな」

咆哮が世界を揺すった。コマンチの馬たちが上体を跳ね上げた。

人犬が身を翻《ひるがえ》してその中へ突っ込――む寸前、それは優美な着地の姿勢を乱して横倒しになった

「忍法〈髪縛り〉――風下に廻ったのが不幸だ」

右手に細いナイフを閃かせて、シノビは突進した。

その眼前で人犬の身体が浮き上がった。シノビの髪はそれの後足を拘束したが、地を蹴ったのは前足だったのだ。

コマンチは狙いを定めていた。人犬の全身を

死の矢が貫いた。それは針ネズミ状態で戦士たちのどまん中へ飛び込むや、前足をふった。おれの見たところ、鉤爪《かぎづめ》の長さは優に一〇インチ（約二五センチ）はあった。

戦士たちの首は、果実のように赤いすじを引きながら飛んだ。熊《グリズリー》でもああはいくかどうか。狂乱する馬の首に人犬は牙をたて、ひと振りで咬みちぎった。

馬たちが狂奔《きょうほん》する中を、獣は血風を巻いて、別の列に迫った。マチータが前にいた。

血にまみれた爪と牙とが美女に躍りかかり――空中でのけぞった。激しく咳きこむや黒い血を吐いた。獣は胸を掻き、身をよじり――人間《ひと》の形を取り戻しつつあった。

「貴様――マキビシに毒を塗ったな」

「犬神を斃すには日本産の毒は無効だ。だが、異国のそれならば――。この国に来てすぐ、おれはガラガラ蛇と蠍《さそり》の毒を採集しておいた」

「余計なことを……」

人犬の声は力を失っていた。

「忍法を生かす天地……ようやく……ここへ……」

「我らの行《ぎょう》は盗みにも殺生にもあらず。天動に背き、闇に生き闇に死す――これをもって忍びと言う。残りの三人もじきに行く。冥府《めいふ》でこの意味を噛みしめるがいい」

人犬が今一度、跳躍した。

速さも高さも劣る顔面が、もう一度弾けた。二度目の復元はなかった。横倒しに落ちた身体を無数の矢が貫いた。

呆然と佇むコマンチへ、

「おれを殺すのはもう少し待ってくれ」

シノビはそう言って、おれの方へやって来た。

鞍に片手をかけた——と思うや、おれの背後にまたがっていた。気配も音もない。闇の中でこれをしたら、たとえ途中で下りても騎手は気づかず、気づかぬまま一生を終えるだろう。

「我らと同じ顔を持つ男よ」

首長——ダイダランが重々しく呼びかけた。

「おまえが真の勇者たることも、マチータを辱めたことと無関係であることもわかった。おまえを殺すなどわしが許さん。だが——」

じろりとおれを見つめた眼の凄まじいことよ。シノビと知り合ってから、何度血が凍ったことか、考える必要があるぞ。

「そこの白人は、おまえの友人か？」

「とんでもない」

げっ。

ダイダランと、落馬した死体を担いで馬に乗せる作業に励んでいる男たちが、一斉にこちらを向いた。殺意と凶気の風が待ってましたと吹きつけてきた。シノビはにやりと笑って続けた。

「友人だ」

コマンチたちの凶念は薄れなかったが、ダイダランは穏やかな表情になった。

「ならば共に行け。奪ったものは返してやれ。勇者の友は我らの友だ」

おれたちの馬を引いてやって来たのはショリョーネとマチータだった。拳銃をおれに返し、

「疑って悪かった」

少し破れかぶれだった。

笑顔で、馬の手綱をまとめて手渡した。シノビに。おれは受け取ろうした手を引っ込めた。覚えてろよ、野蛮人が。

マチータが両手でシノビの手を握った。

「女房の仇を討ってくれたこと、一生忘れない。これは礼だ」

ショリョーネは腰のナイフを鞘《ケース》ごとシノビに手渡した。そんなもの突っ返せとおれは叫んだ。胸の中で。場は読まなくちゃならん。

「ありがとう」

シノビは受け取ったナイフを手のひらで弄び、

「いいナイフだ」

と言った。野蛮人の笑みが強くなった。

「行くぞ」

おれは大声で宣言するや、馬を発進させた。

第三章　大砂塵の〝キッド〟

1

リンカーンへは翌々日到着した。二日の間に、おれは忍者というものが、実にとんでもない存在だと理解しつつあった。

野蛮人――コマンチどもと縁を切った晩、焚き火から離れたところで、なにか手作業らしいことをしているのが見えたから、近づいて行くと、倒木に腰を下ろして、掴んだなにかを親指の腹で押しているのを見て驚いた。

この小男がくい、とたやすくひん曲げているのは、四インチ(約一〇センチ)の釘ではないか。鉄芯が九〇度曲がると、奴はあと二本を同じ目に遭わせ、三本まとめて一度捻《ひね》る。すると三方に尖端を露出した武器が出来上がる。

興奮剥き出しのおれに気づいたか、五個ほどそれをこしらえると、手のひらで弄びながら、

「マキビシだ」

と言った。〈クレイ郡貯蓄銀行〉で保安官を殺した奇妙な武器とはこれだ。

おれは息を潜めた。おかしな品をこの男が操ったらどれほどの威力を発揮するかは、人犬――宗犬之介との戦いで骨まで沁みている。

作家の好奇心が歌を歌いはじめた。手を差し出して、

「ひとつ、打たせてくれ」

と申し込んだ。あっさりと手渡された。おれは立ち上がり、近くの木に狙いを定めて放った。狙いはど真ん中だったが、五ヤード（約四・五メートル）ほど離れた幹の根元に食い込んだ。

「糞《ガッデム》ったれ」

と罵った時、そのマキビシの上に続けざまに二個、同じマキビシが命中して、そいつを幹に潜り込ませた。

「凄え」

おれはシノビの方を振り向いて驚愕し、すぐ虚脱状態に陥った。彼は元の位置から動かず、黙々とひん曲げ作業を続けているではないか。気まぐれな投擲《とうてき》だとしか思えなかった。

「投げたのはおまえか？」

「他に見えるか？」

「どう投げたんだ！」

「投げる《スロー》んじゃない。打つ《ヒット》んだ」

こう言ってから製作中の武器に眼をやり、曲げた先を咥えると、ひょいと真っすぐにしてしまった。

「ムムム」

おれはその晩、ノートに、

〝日本人は歯が硬い〟

と書き記した。

次の日も昼のあいだ、シノビは歩きっぱなしだった。

「疲れないのか？」

と訊くと、

「馬に訊いてみろ」

おかしな返事が来る。

こういう性格の奴と会うのは初めてだから、次の言葉も出て来ない。こっちは金を払ってるんだぞ、と強く出て、気分を壊したら全てご破《は》算《さん》だ。


忍者の本格的な実力を知ったのは、翌日の晩だった。

この日も馬に乗り続けで、森の中で夕食を済ませた時は、もうヘロヘロだった。鞍という奴は、合わないと股間に牙を剥く。しかし、先住民どもは四六時中、馬にまたがって移動しまくるわけで、成程、ほとんどの男がガニマタだというのも頷ける。


「痛い痛い」

と股関節を伸ばしていると、背後に気配を感じた。

シノビは右斜め前――七メートルほどのところで、なにか手作業に励んでいる。

コマンチか、とかたわらのガンベルトに手を伸ばしつつ振り向いた。

眼が思い切り剥き出された。

月光の下でおれを見下ろしているのは、胸が高鳴る――どころか、ドンと打って止まってしまうような美女だった。

まだ若い――あどけない顔立ちなのに、異様に色っぽい。それは女が着ている衣裳のせいに違いなかった。おれもＫＩＭＯＮＯの名前は知っていた。見たこともある。本物の何という豪華さ、絢爛《けんらん》さよ。これが〝振り袖〟だ。

絶対にシノビと同じ国の女は、おれと眼が合うや、婉然《えんぜん》と微笑して見せた。

「あなた――お名前は？」

シノビ程ではないが、流暢な英語だった。南部訛りが少しある。

芸人か、と思った。衣裳と化粧の派手さと醸し出す雰囲気――テキサス辺りを廻っているのかも知れない。

「バントライン――ネッド・バントラインだ」

「あ、知ってる」

女はケラケラと笑った。

「東部から来て、あれこれ訊き廻ってる先生でしょ。小説家だったたっけ」

「そうだ」

少しは驚いたか。

「で――おまえは？」

「あたしはね――お霧《KIRI》。MIST《ミスト》って意味よ」

「お霧か」

そういえば、いつ間にか周囲は真っ白だ。シノビの姿も焚き火の炎も見えない。いきなり極端すぎる。

「で――ひとりなのか？　そんなはずはないな。みんなどこにいる？」

「リンカーンよ」

「ここから八〇キロはあるぞ。おまえひとりで何をしているんだ？」

女の顔に笑みが広がった。おれは悲鳴を抑えた。気が狂いそうになるほど不気味な笑いだった。

返事は頭の中で鳴った。

「——人殺しよ」

おれの右手はコルトにかかったままだ。撃鉄《ハンマー》を起こし——

ぴゅっと空気が鳴った。女の眉間に黒い塊が打ちこまれた。マキビシだ。女はそこを押さえもせず、迸《ほとばし》る血を拭きもせず、滑るように後退した。

「邪魔が入ったわねえ」

笑い声であった。顔も姿も霧の中の影と化していた。

「このお霧にいきなりマキビシを打ちこむとは、とんでもない奴がいたもんだ。いずれ、会えるわよ。あたしにはわかる。またね」

影がぼやけた。その眉間をマキビシが貫き、闇だけが残った。

嘘のように消え去った霧の名残りを両肩にまつわらせて、シノビが近づいて来た。

「何だ、あれは？」

とおれは、女のいた方へ顎をしゃくって見せた。

「おまえの国の女だろ？　女はみんな、ああなのか？」

「そうだ」

「嘘をつけ、嘘を」

シノビはにやりとして、

「お霧と言ったな。おれの里で噂は聞いたことがある」

「おまえの武器を食らっても、血を流すだけで平気だった。あれも忍者か？」

「くノ一《いち》だ」

「ＫＵＮＯＩＣＨＩ？　何だそれは？」

「日本の〝女〟という字を分解するとそう読める。女の忍者だ」

「やっぱりいるのか？　何しに来た？　おまえと同じ奴らを追ってるのか？」

「わからん」

「わからんじゃ困る。目的は人殺しだと言ったぞ。あれは本気だ。また会うそうだ。おれは御免だぞ。何とかしろ」

「目的地は同じだ。いずれ会う。あんたとの再会を楽しみにしているだろう。失敗は必ず取り戻すタイプだ、真の一」

「おい」

シノビの手の中でマキビシが鳴った。

「手応えはあった。だが、あの女に与えたものか」

ぶつぶつとよくわからないことを口にした。

東洋の神秘だ。

「明日はリンカーンだ。おれの狙っている相手がいるとすれば、あんたと付き合ってる暇はなくなる。悪くすれば永遠にな」

おれは慌てた。冗談じゃない。何のために六〇〇ドルも払ったと思ってる？　これまでの経緯《いきさつ》は前半三〇〇ドル分だ。あと半分残ってる。

その晩は、これ以上何も起きなかったが、三〇〇ドルを損しないための方法を考え、よく眠れなかった。

リンカーンの町の印象をひとことで言うと「物騒」――これに尽きる。

到着したのは午後一時すぎ――昼日中というのに、通りにも保安官事務所にも人馬の姿はなく、酒場のドアも閉ざされたままだ。ニューメキシコは暑いから、異常に喉が乾く。冷えたビールを置いた酒場などは真っ昼間から客で煮つまっているはずだ。それが店は開いているのに、客はチラホラしか見えない。

とりあえず、ホテルに向かった。

フロントへ行く途中で、こちらのバーには客がうなっていた。

テーブルの上の酒瓶とグラスは定番だが、コルトやウィンチェスター・ショットガンまで並べて、弾丸を装填してる奴らがいるとなると、只事じゃない。

フロントの若いのも、ぴりぴりした感じが抜けず、いきなり、

「中国人は泊まれません」

「中国人じゃない。彼は日本人だ」

と言っても、中国人は泊まれません、の一点張りで、挙げ句にそっぽを向いた。

「気にするな。おれはどこでも眠れる。――後で連絡する」

こう言って、シノビは出て行った。

おれはフロント係を睨みつけながら、チェックインを済ませた。

「では――鍵を」

彼は振り向いて一歩進み、途端に跳び上がった。

「足に何か——畜生なんだこれは!?」

フロント越しに覗きこんだ。

若造は靴底から何かを抜き取ったところだった。ほお、血まみれのマキビシだ。やるな、シノビ。

涙ながらの若造から鍵を受け取り、

「おれみたいに優しい客ばかりじゃねえんだぞ、若いの」

こう言って、おれは部屋へと向かった。

2

いつの間にか目的が増えちまったが、もともとの狙いはリンカーン郡の戦いの取材だ。

これは後に「リンカーン郡戦争」と呼ばれるほどの大規模な戦闘に発展していくが——なぜ、そんな名称を知っているかだあ？　おれは作家だぞ。想像力だ想像力。おまえ、誰だ？

——直接の原因は、英国人牧場主ジョン・H・タンストールが、カナダ生まれのスコットランド人＝アレクサンダー・マクスウィーンと組んで、リンカーンの町に「リンカーン・カウンティ・バンク・アンド・ジェネラル・ストア」という銀行兼雑貨屋を開いたことにある。すでにリンカーンの町にはローレンス・マーフィーとジェームズ・ドランが経営する同様の店がオープンしていたのにだ。

マクスウィーン＝タンストール一派にとって都合の悪いことに、商売相手の背後には法律家や政治屋が控えており、リンカーン近辺の軍人たちは、彼らから金を借りた見返りに、先住民の居留地へ支給する牛肉の調達と運搬のすべてを請け負わせていた。

頭の働く悪党なら、まず他人の牛をかっぱらって、と考える。現にマーフィー＝ドラン一

ジョン・H・タンストール

党には、数年前からニューメキシコの南西部で馬泥棒や駅馬車強盗を繰り返していた連中が加わっていたのだ。

彼らはタンストールと〝家畜王《キャトル・キング》〟ジョン・チザムの牧場から牛を盗み出しては、ボスの下へ

ローレンス・マーフィー（右）&ジェームズ・ドラン（左）

送り込んでいた。タンストールもチザムもこれに気づいていたが、放牧してある中の数が多すぎて、証拠が掴めなかったという。

　この両者の対立に火を点けたのが、今年の二月一八日に発生したタンストール射殺事件だった。

ジョン・チザム

　牧場からリンカーンの町へ出かける途中に殺害された彼にも、血の気の多いカウボーイたちが従っていた。
　彼らはディック・ブルーワーとウィリアム・ボニーの二人をリーダーに、復讐《ふくしゅう》を開始。まず三月九日に、タンストール暗殺に加わった二人が射殺され、四月一日には保安官と助手が殺される。現在、この町の周囲には血で血を洗う修羅《しゅら》場《ば》の上に、復讐の女神の笑い声が鳴り響いているのだった。
　東部でこの話を聞いた時、おれは天の啓示《けいじ》だと思った。しかも、伝聞だが、タンストール派の頭目は、まだ二〇歳《はたち》そこそこの子供で、滅法拳銃さばきが上手く、滅法威勢がいいという。

タンストールの牧場に雇われる前にも何度か殺しに手を染めており、馬泥棒もお手のものだったのが、タンストールに可愛がられてからは心機一転、まともに働き出したというのも、小説の主人公としては申し分ない。

第二のバッファロー・ビル、ワイルド・ビル・ヒコックはここにいる！　勇み立って、セントルイス行きの列車にとび乗ったおれを責める者はいまい。

シノビを知ってから、取材対象への意欲が萎《な》えてしまったのは確かだが、とりあえずシャワーを浴び、着替えをしてから下へ降りた。

まずは一杯――じゃねえ。このホテルのバーは殺し屋どものアジトだ。覗いて取材するための場所なのだ。

おれに気がつくと、全員が凄まじい眼を向けた。親の仇か、おれは。

カウンターへ行き、やって来たバーテンにウィスキーを注文した。

「ここにいるのは、どっち派だ？」

と訊いた。

「あんたは？」

「バントラインって作家だ。取材に来た」

ひええ、と恐れ慄《おのの》くかと思ったが、バーテンは表情ひとつ変えず、低く小さく、

「舌の滑りが良くなくてね」

おれは五ドル札を握らせた。途端に、

「ドランが集めた殺し屋でさ。これからビリーたちのところへ押しかけるつもりなんで」

「そのビリーだ。まだ生きていたのか？」

「ありゃ、ちょっとやそっとのことではくたばりませんよ。とんでもねえ跳ねっ返り者たちで」

バーテンの口元に浮かんだ笑みをおれは見逃さなかった。

「ビリーってのは、ウィリアム・ボニーのこったろう？　人気者なんだな」

「ここだけの話ですが——ドランなんて馬泥棒の親玉でさ。タンストールさんが商売の邪魔になったんで殺しちまった。これで大きな顔して牛泥棒もやれるってわけでして。町の連中はみんな内心ビリーにエールを送ってまさあ」

「しかし、ドランにゃ凄い後ろ楯《だて》がついてるだろ？」

バーテンはもっと声を低めて、

「——ビリーたちには、チザムさんがついてますよ」

「ふむふむ。いい勝負ってわけか」

「ま、ドランとマーフィーさんの後にいるのは軍隊です。いざとなりゃチザムさんだって危ない」

ここで、おれはシノビのことを思い出した。この辺のバーテンに日本と言ってもわからんだろう。

「——どっちかの派に、中国人はいないか？」

「日本人ならいますよ」

おれが吹き出したウィスキーを、バーテンは少し迷惑そうにタオルで拭き、

「チザムさんとこで働いています。うちへも何度か来ました。薄気味悪い奴ですが、今じゃビリーと肩を並べる凄腕らしいです」

「薄気味悪いって、何かやらかしたのか？」

「へえ」

バーテンが顔を寄せて来た。うう、ぞくぞくしやがる。一言も聞き逃すまいと、おれは意識を集中させた。

通りに面したスイング・ドアが開いたのはそのときだった。

驚きと凶気の渦が店内を荒れ狂った。

小柄な男を先頭にショットガンを構えた三人組が入って来たのだ。みな若い。特に先頭の男は敏捷《びんしょう》そうな身体つきである。ビリーだ！――おれの勘が閃いた。拳銃は左腰に揺れていた。

ドラン組の連中も何人か、コルトやウィンチェスターに手をかけたが、三挺のショットガンの前には、そっと離すしかなかった。どの銃身も半ばで切断されている。三挺分――五四発の散弾は十数人といえど薙《な》ぎ倒すには十分な数だ。

「こいつぁみなさん、お出かけのご用意らしいな」

小男が明るい声で言った。本心としか思えない。

「何の用だ、ビリー？」

奥のテーブルにいたひとりが歯を剥いた。知り合いらしい。

「あんたたちへの用事はひとつしかねえさ。だろ、フランク、ベン？」

「そうとも、ビリー」

二人は合唱《コーラス》した。上手いもんだ。

「こんなところで射ち合いをやらかすつもり

か？　断っとくが、おれたちはこれから保安官《デピュティ》のところで助手に任命されるんだぞ」

「なら、普通の市民でいるうちに処分するとしよう」

三挺の撃鉄はすでに起きている。

おれは仰天した。声でわかる。こいつら、本気だ。

「待て――話し合おう」

別のひとりが片手を上げて制した。

「うるせえ――タンストールさんはそう言わなかったか？　あのひとは紳士だ。そう言ったに決まってる。それをよくも――てめえら、地獄でタンストールさんに詫びろ」

「ちょっと待て」

おれは大声を上げた。


「おれは無関係だ。出て行かせてもらいたい」

「いいとも――行きな」

ビリーが片手をドアの方へ振った。

おれは酒代――一〇セント硬貨をカウンターに置いて、ロビーへ続くドアの方へ歩き出した。

三人の背後に廻っても、おれを見ようとはしなかった。

ドアに手をかけた時、首筋を冷気が流れた。

ゆっくりと振り向くと、ビリーが二つの銃口でおれをポイントしていた。

「悪いな。無関係って保証はねえんだ」

陽気な表情と声が、おれの脳に灼きついた。

心臓が石に化けた。

板張りの歩道を踏む足音が勢いよく近づき、ドアが外から開いた。

跳びのいたおれの眼に映ったのは、昨夜の女——お霧だった。革の上衣《じょうい》と白のブラウスに長いスカート——西部女の平凡な外出着だ。美貌は変わらないが、昨夜の怪しさはかけらもない。ちら、とおれに視線を当て、お霧はすぐにビリーに向き直った。

「やめて、ビリー。タンストールの奥さまがあたしに止めに行けとおっしゃったのよ」

言われた方は唇を歪め、ちっと吐き捨てた。

「いい時に邪魔しやがって。こいつらを殺《ばら》せば、戦力は半減する。こっちの勝ちなんだぞ」

「奥さまは人殺しなんかもう沢山なのよ。私もそうです」

「男の喧嘩に女が出て来るなよ」

ビリーの声から殺意は失われていた。

残る二人へ、

「奥さんに言われちゃ仕様がねえ。おい、引き揚げるぞ」

二人がうなずいて後退した。

強力な歯止めがかかったと思ったのか、いちばん遠くのテーブルにいたひとりが、

「おい、今殺《や》らねえと、次はおまえの番だぞ。こっちは容赦しねえ」

と凄《すご》んだ。おれは天を仰いだ。莫迦が——強がりやがって。

ビリーの雰囲気が、また変わった——元に戻ったともいう。

「そうかい。いい忠告だぜ。確かにおめえの言う通りだ。誰だってこうすらあ」

いきなり爆発した。銃身をカットしたショッ

トガンの発射音はこう記すしかない。

莫迦は三人の仲間を道連れに吹っ飛んだ。

猛烈なパニックに襲われた敵方へ、

「動くな！　てめえらもこうなりてえのかい⁉」

ショットガンを右手に持ち替え、ビリーは左手で拳銃を抜いた。ほお、珍しい。複動式《ダブルアクション》だ。コルト45やSW・レミントンと違って、撃鉄を起こす必要がなく、引き金を引くだけで弾丸《たま》が出る。射撃は早まるが、撃鉄を引く距離《ストローク》が長くなる分、銃自体がブレて、命中率は落ちる。それでも単動式《シングルアクション》より扱い易いし、腕利きが使えば問題はあるまい。

「ビリー――あんたって人は……」

お霧は、はっきりと絶望を刻みこんだ表情を浮かべていた。床は血の海と化しつつあった。


「おいおい、悪いのはあっちだぜ。おれが射たねえと思ったから、急に強気に出やがって。世の中、甘かねえって思い知らせてやっただけさ」

「奥さまが悲しむわよ」

一瞬、狂気に近い表情が、尋常な苦悩に歪んだ。だが、すぐ元へ戻して、ビリーは仲間たちに、出るぞ、と告げて身を翻《ひるがえ》した。

思い切って声をかけた。

「待ってくれ。このトラブルに関して、君の話を聞きたい。わしは小説家だ」

「へえ！」

狂暴無比の顔に、別人のような笑顔の花が咲いた。

「すると、あれか？　おれのことを本にしてくれるのか？」

「そうだ。ワイルド・ビル・ヒコックとバッファロー・ビル・コディの本も大ヒットさせた」

「そいつは凄えや。今は無理だが、いずれ連絡を取る。よろしく頼むぜ――えーと――」

「バントライン、ネッド・バントラインだ」

「そうか、バントラインだな。知り合えて良かったぜ。これでおれも全国区の有名人だ。おっと、人が来やがった。またな！」

彼はいきなり、部屋の奥へ一発ぶっ放した。

おれと話してる隙にテーブルの武器を手にした男たち三人が、上半身から鮮血を振り撒きつつ吹っとんだ。

「あばよ、バントライン先生！」

好意を抱くしかない無邪気な笑顔が、スイング・ドアの向こうに消えた。


いつの間にか、お霧も消えていた。ホテルのドアが少し開いている。

反タンストール派――つまりマーフィー＝ドラン派の連中がようやく武器を手に立ち上がった時、胸に錫の星《ティン・スター》をつけた男たちが三人、外から入って来た。ひとりだけ形の違う星が保安官、同じ二人が助手だ。

おれはたちまち逮捕され、保安官事務所に連行された。事情を話すと、他の連中もそれを認め、一応、釈放された。

「小説もいいが、東部の先生向きの場所じゃないぜ、気をつけてな」

ふと、おれはある名前を思い出した。壁に貼ってあるお尋ね者のポスターのせいかも知れない。

「ドク・ホリデイを知らないか？　この町にいるはずなんだが」

はず、と言っても、確信などなかった。勘だ。

「ああいるぞ。あんたと同じホテルだ。今日バーにいなかったのは具合が悪いからだろう。しょっ中、ゴホゴホやってるからな」

おれはその足でホテルへ戻り、フロントでドクの部屋を訊いた。

さして会いたかったというわけではないが、こんな血まみれの町に、ビリー・ザ・キッドとドク・ホリデイが同時に存在するなんて、まるでおれのためみたいだ。逃す手はあるまい。

ノックすると、少し間を置いて、

「誰だ？」

疑惑で出来ているような声が応じた。騒ぎに気がついたのだろう。

「覚えてるか。駅馬車で一緒だったバントラインてもんだ」

「何の用だ？」

「久闊《きゅうかつ》を叙《じょ》しに来たのさ」

「体調が悪い。帰れ」

取りつく島もない返事だった。いら立ちが伝わって来た。退《しりぞ》いた方がいい。

突然、形勢が逆転した。

「あーら、いいじゃない。お友だちなら入れておあげなさいよ」

陽気な女の声が響くや、足音が近づき、ドアの鍵は外された。

「いらっしゃい」

戸口を彩る絢爛《けんらん》たる衣裳より、その顔を見て、おれは眼を剥いた。

「お霧」

3

おれは呆気に取られて立ちすくんだ。確かに今さっき、ビリーたちと出て行った女が、いつの間にドクの部屋へ？　いや、正確には出て行くのを見ちゃいないが——しかし、それ以前に——確かにお霧だ。同じ女だ。だが、別人としか思えない。この絢爛な〝振り袖〟は、昨夜の殺人鬼のものではないか!?

「何してんの、入んなさいよ」

いきなり、おれの手を掴むや、あっと言う間に引っ張り込んで、ドアを閉めた。部屋のソファには、ドクがかけていた。

肺が悪化してるのか、全体は青白いくせに、頬のあたりだけは紅く——迷惑そうだ。

おれはあわただしく二人を見比べ、

「知り合いか？」

とドクに訊いた。

「昨日の晩からのな」

「は？」

「昨日、酒場で会ったのよ。凄い勢いで負け続けているから、思わず覗いちゃった」

お霧は、ケラケラと笑った。嫌になるくらい無邪気そのものだ。だが、この女はどこかおかしい。それを見つけ出そうとしたが、上手くいかなかった。

「あたしがついてから、形勢逆転。まあ勝つこと勝つこと。とうとう相手と喧嘩になりかけたのよね。でも、胸が悪いくせに、拳銃の腕は凄いの。相手が自分のコルトに手をかけた瞬間、もう心臓に狙いをつけていたわ。サイコー《えくせれんと》」

「で——収支は？」

「六〇〇ドルと少し勝った」

「そりゃ凄い」

「あたしのおかげでよ——でしょ？」

明るい笑顔を、苦微笑《くびしょう》が迎え討った。

「その通りだ」

「わかってりゃいいのよ。安心して。分け前なんて要求しないから」

「即製にしちゃ、仲が良さそうだな」

「勿論——昨晩からずうっと一緒だったわ」

「よせ」

ドクが睨みつけた。

「あら怖い——ほっほっほ。また来るわ」

どういうつもりか、お霧はルーレットみたいに身体を回転させた。艶《あで》やかな色彩が猛烈な勢いで変化しつつ、ドアへと走り、開いたとも見えぬのに、ふっと消えた。

「何だ、ありゃ？」

と洩らしたのは、ドクだった。

「あんたが来る二、三分まえに、いきなりやって来た。ドアは閉めてあったはずだが——かけろ」

おれはデスクの前の肘かけ椅子に腰を下ろして、

「あの女が言ったことは本当か？」

ドクはかぶりをふった。すぐに、

「昨夜《ゆうべ》、負け続けていたのは本当だ。あるときから急にツキ出したのも、な。だが、あの女のことは知らん」

「知らん？」

「昨夜、あんな女はバーにいなかった。おれが部屋へ戻ったら、すぐにやって来て、あたしのお陰だとぬかした。奇妙なことだが、おれは疑わなかった。酔ってたせいかも知れん」

「わかるわかる」

おれはうなずいて、ドクを驚かせた。

「そういや、あの女の名前を呼んだな。知ってるのか？」

おれは昨日の野営地での話を聞かせた。

「――化け物か」

とドクは呻いた。

「医学を修めた者《ドクター》の言葉とも思えんな。おれはもうひとりのあいつも見てる」

「もうひとり？」

「ああ。ビリーって若いのといたよ。ショットガンの音、聞いただろう？」

これも一部始終を聞かせた。ドクは、訳がわからんという表情になって、

「双子じゃないのか？」

「いや、会えばわかるが違う。あれは絶対に同一人物だ」

「じゃ、どうしてそこまで違う？　正直に言うと、今でもあの女の言ったことが、まるきり嘘とは言い切れないんだ」

呆然となるおれの顔を見つめて、

「勝ち続けてた時、見えはしないが、気配は感じられた」

「その気配が勝たしてくれたってわけか？」

「ま、言っても信じられやしないだろうがな」

「いや、信じる」

おれはうなずいた。

ドクは眉を寄せ、

「何かの本で読んだことがあるんだ。欧州では、一般にああいうのを、ドッペルゲンゲルと呼んでるらしい。訳すと二重存在《ドッペルゲンガー》だ」

「何だ、それは？」

「世の中に、もうひとりの自分がいるってことさ。こいつは本体と分かれて、勝手に振る舞う。大概はロクでもねえことをしでかすんだな。面白いことに、本人と正反対の性質で、はた迷惑な真似ばかりするそうだ。大人しい本体が、知らぬ間に人を殺したり、強盗を働いたり、な。滅多にないが、ドイツの田舎で鼻つまみの荒くれ男が、あるとき、別の村の人間から大層感謝されたことがある。川で溺れかけた子供たちを、彼が抜き手を切って救助したってな。他の村の連中がやって来た時、彼は眠っていたが、その日は一日中畑にいたにもかかわらず、全身はびしょ濡れだったそうだ」

「さすが作家だな。そんな与太話《よたばなし》を信じるほど、頭が柔軟だとみえる」

「なら、おれが見た二人のお霧は何だと言うんだ？　あんたが感じていた気配は？」

「おれのは気のせい。あんたのは双子だ」

ドクは手にしたグラスをあおった。七分くらい残っていたウィスキーは、男の腑へと消えた。大した飲みっぷりだ。

　ひと息入れて、

「ところで、何の用だ？」

「表敬訪問さ。無事で何よりだ」

「おれは稼ぎに来ただけだ。あんたこそ、取材か何か知らんが、気をつけろよ。射ち合いが始まったら、どいつもこいつも、動くものを見たら射つぞ。敵も味方もなくなる」

「わかってる。だが、これが仕事でな」

　おれは立ち上がった。これでドクがどっち側の人間でもないことがわかった。目的は果たした。

「またな」

　ドアのノブを掴んだところへ、

「日本人がいたな。彼はどうした？」

　気になっていたらしい。

「別の日本人を捜しに行った。会えるかどうかはわからん」

「変わった男だった。借りがある」

「気にすることはない。お互い銃口の前に立たなきゃならん身の上だ。何なら、あの世で返すんだな」

　嫌味を言ったつもりだったが、ドクは別の感情を抱いたらしい。

「それもいいな」

　またグラスを注いで、一気に空けた。呆れた。

「大事にしろよ」

　心にもないことを口にして、おれは部屋を出た。

いつ誰に射たれてもおかしくない相手だ。ある感慨が湧いた。

名家の出が身を持ち崩して、ニューメキシコの荒野に流れついた。病《やまい》が肺を冒している。賭博も射ち合いも、彼の生からは遠い。彼は死を見ている。その冷たい吐息が頬にかかるまで生きる。死んでいないから生きる。それが生といえるか。

おれは黙して部屋を出た。


翌日、ノックで眼を醒ました。

「誰だ？」

向こうは確かに名乗った。聞いた途端に忘れてしまった。思い出そうとしても上手くいかなかった。保安官助手だと続けた。食堂で会おうと告げて、おれは顔を洗いに浴室へ入った。

食堂で立ち上がった男を見て、おれは胆をつぶした。

でかい。七フィート（約二一〇センチ）まではいかないが、六フィート六〇（約二〇〇センチ）はある。胸のバッジをひけらかす風もなく、握手を求めて来たのが気に入った。

「おれはエド・マーフィーってもんだ。保安官から聞いた。この戦いに興味がある作家なんだってな。保安官はマーフィー派だが、おれは中立だ。むしろ、マクスウィーン派に同情している。あんたが取材したいんなら、連れていけ。役に立つぜ」

「そりゃいいが、向こうはあんたの胸の裡《うち》を理解してるのか？」

「いいや。おれの名前も知らんだろ」

「それで、マクスウィーン一派——ビリーのところなんぞへ出掛けたら、蜂の巣だろうが。悪いが巻き添えを食うのはごめんだ。帰ってくれ」

「奴らだって莫迦じゃない。保安官助手を射ったりはしないよ」

「だといいがな」

おれはコーヒーをひと口飲《や》ってから言った。

「いっぺん見たきりだが、あのビリーってのは、一筋縄じゃいかんぞ。笑い合っている最中、何かでカチンと来たら、その場でぶっ放すタイプだ。病人だと言ってもいい。あんたは一応敵方だが、彼らにも同情している——そんな理屈の通用する相手じゃねえ。ビリーが敵だと見なしたら、顔出した途端にドカンと一発だ」

「なら、バッジを外していく。あんたの秘書ということにしてくれ。この争いで何人死んだと思う？　これ以上、無駄な血を流したくないんだ」

だからと言って、たかが保安官助手ひとりで何ができる——と思ったが、口にはしなかった。

このノッポの誠実さは疑うべくもなかったし、抗争鎮静化への情熱も嘘とは思えなかった。

犬死にかも知れんと脅かしても、構わないと言う。

「じゃあ、秘書兼用心棒ってことで連れて行こう。ビリーの隠れ家を知っているか？」

「ああ。ジョン・チザムの牧場にあるカウボーイ小屋と、マクスウィーンの土地にある空き家だ。案内できるぜ」

「よし、あと三〇分で出発だ。可能性の高い方から案内してくれ」

「いいとも」

ノッポはテーブル越しに握手を交わしてから立ち上がった。腰の六連発がやけに小さく見えた。

酒場を出て、ノッポはすぐ保安官事務所の方へ曲がった。

いい奴だという印象は変わらなかった。

しかし、その長身と等しく、どこか桁外れ――常識からずれているような気がした。

頭上を鳥がかすめて行った。

「何だ、あれは？」

おれは帽子の鍔《つば》を上げて、小さな影を追った。

「雲雀《ひばり》ですな」

とマーフィが応じた。もう、秘書役の言葉遣いだ。切れる。

そういや、良い声をしてたな。しかし、何かに驚いたような飛び方だったぞ。地面が揺れでもしたか。何にしても、気楽なもんだ。今度来たら射ち落として焼き鳥《YAKITORI》にしてくれる。

「雲雀に当たっても仕方がないと思いますが。YAKITORIって何ですか？」

「日本の食いものさ。鳥の肉を串刺しにして火で炙《あぶ》る。肉汁《グレイヴィ》が独特でな。元は中国だそうだ」

「雲雀は食えませんよ」

「そうか。残念だ」

リンカーンの町を出てから一時間近く、おれたちは岩山の間の道を馬で揺られていた。ここを抜ければ、チザムの牧場の西の端に出る。目標の小屋はそこだ。

ふと、シノビはどうしているかと思った。

銃声がした。短い。拳銃だ。

おれは先に走った。

岩場を抜けるまで五秒とかからなかった。そこで止まった。

道はゆるやかに下り、草原と――五〇ヤード（約四五メートル）ほど前方に柵で囲まれた粗末な小屋が見えた。横手に一六〇フィート（約四九メートル）もありそうなオークの巨木がそびえている。小屋の前に馬が七頭つないであった。

小屋から少し離れたところに、男たちが集まっていた。

コルトを手にした四人が三人を囲んでいる。丸腰だ。彼らのガンベルトと六連発は、囲んだひとりの肩にかかっていた。

拳銃を射ったのはビリーだった。

頭上から三人組に向けた六連発の銃口は、紫煙を吹いている。

おれたちは馬を下り、身を屈めて、一同から五ヤード（約四・五メートル）ほどの地点まで移動した。幸い丈の高い草が動きを隠してくれた。

「さて――いよいよだな」

ビリーが大声で告げた。三人をビビらせるつもりだったろうが、おかげでこちらの耳にもよく聞こえた。

「待ってくれ。おれたちはただの見張り役だ。あんたたちをどうこうするつもりなんかねえ」

髭面のひとりが哀しげな声を上げた。彼は小柄な死に神を見つめていた。

第四章　忍法〈揺れ四方〉

1

男の表情を、ビリーはせせら笑った。

「てめえたちが親玉におれたちの動きを知らせたら、そのせいで、おれたちの誰かが射たれて死ぬかもしれねえ。それでも無関係だ？　自分は手を汚さなくても、おれたちを殺《や》れと命じたマーフィーとドランを、おれは許さねえぜ。おい——拳銃を返してやれ」

ガンベルトが三人の足下で土煙を上げた。

おれにも事情は呑み込めた。ここにいるビリーたちを監視していたマーフィーの手下がとっ捕まって、いまから制裁を受けるところなのだ。さっきの一発は景気づけだろう。

「何てことをするんだ」

おれの隣でノッポが呻いた。まるでこれから起こることを見通しているように。

三人は顔を見合わせ、ビリーたちに眼をやって、諦めた。ガンベルトを腰に巻く姿は、空しい死の苦行を続ける亡霊のようだった。

「よし。まず、あそこの白い石を見な」

三人の右方を指さしてこう言うなり、ビリーの右手が閃いた。

おれはこれまでに、何人もの早射ちを見てきた。

ワイルド・ビル・ヒコック、ワイアット・アープ、バット・マスターソン、クレイ・アリソン、ジョン・ウェスリー・ハーディン、ジェシー・ジェームズ、ベン・トンプソン、マネン・クレメンツｅｔｃｅｔｃ——

正邪入り乱れているが、どいつもこいつも早射ちにかけては一歩も退かぬ腕自慢だ。みな、おれが小説家だと言うと、おかしな眼で見ながらも、腕の程を見せてくれた。

特にヒコックの場合は、おれがアビリーンを訪問した時、ちょうど開かれていた射撃大会における審査員であり、そのテクは正しく本物であった。

彼は左右二〇ヤード（約一八メートル）のところに六本ずつ空き壜を並べ、左右同時に拳銃を抜くや、撃鉄を起こしているとは思えぬ速さで、みな射ち砕いて見せた。

両手で拳銃を操作するだけでも他に例はないのに、どちらも速く正確だというのは奇蹟に近い。そもそも二〇ヤードも離れてたら、拳銃なんぞ狙いをつけたって、そうそう当たるもんじゃない。後にワイアット・アープなんぞ、スチュアート・Ｎ・レイクの伝記で、拳銃で四〇〇ヤード（約三六五メートル）先のコヨーテを仕止めたとされているが、大ボラもいいところだ。けっ、インチキ作家め。何？　なんで未来のことを知っている？　余計なお世話だ。お前誰だ？

西部のガンマンたちの物語で正しいのは死に様くらいで、後は眉唾《まゆつば》だ。おれも保証する。しかし、このワイルド・ビルの実力だけは信用に値する目撃談が山ほど残っているし、単なる抜き射ち《クイック・ドロー》の速さだけなら、名前を挙げた連中の誰より速いことをおれが保証する。

ビリーは彼より速かった。

三人組の顔色が紙のそれに変わったのは言うまでもない。

「さて、やるか。一対一でも三人まとめてでもいいぜ」

反《そ》っ歯気味の口が邪悪な嘲笑にねじ曲がった。

敵方が硬直するのが遠目にもわかった。

「嬲《なぶ》り殺しか、あいつめ」

エドが呻いた。異様な憎しみを込めた口調が、おれを振り向かせた。

地面が揺れた。

いきなり、地震か⁉

馬が大きくいないて、棒立ちになる。

おれは首っ玉にしがみついた。

ビリーも仲間も三人組も地べたに這いつくばったきりだ。

うお、小屋が傾いた。これには驚いたが、そこから緑色の塊が飛び出して、小屋の脇の巨木に止まったのには、もっと驚いた。そして、最後の驚きは——シノビだ!

地面から根っこが盛り上がったが、木は耐えた。シノビは降りて来ない。その様子を見て、おれは大よその見当がついた。

彼はここで、探し求めるＮＩＮＪＡと戦っているのだ。同じ小屋にいて、ビリーたちが気がつかないのが不思議だが、あいつならそれくらいやってのけるだろう。

だが、ついに敵の術は彼を追い詰めた。この地震は間違いなく敵のＮＩＮＰＯＵだ。

「ビリー」

と低い声が呼んだ。そこだけ平穏な世界にいるような声だった。発音が怪しい。シノビの相手だ。

なお揺れまくる地面の上で、仰向けのビリーが天を見上げ、

「ＪＩＮＪＵＲＯか⁉」

と呻いた。

「そうだ。その木の先にいるのは、おれの敵だ。今は動けん。仕留めてくれ」

「マーフィーの仲間か？」

「そうだ」

「しかし、この揺れじゃ当たらねえ」

「――何とかしろ。ショットガンで射て」

「よっしゃ」

「ビリー、ここだ」

仲間のひとりが手にした長物《ながもの》を放った。それを受け取り、ひっくり返って、そのまま狙いを定める。一八発の鹿弾《バック・ショット》なら、どれかが命中する。負傷させれば、後は何とでもなる。

「待て」

おれは思い切り放った。

届いたらしい。みんながこちらを向いた。

「木の男は、おまえたちの敵じゃない。狙いはもうひとりの日本人――ＪＩＮＪＵＲＯだ」

おれの方を向いたビリーが嬉しそうな顔をこしらえた。

ひとつ大きいのが来た。

「わっ!?」

たまらず、おれは前のめりに倒れた。頭上を何かがかすめてから、銃声が届いた。

背後で馬の鳴き声と地を蹴る音が続いた。残してきた馬たちが銃声に驚いて逃走に移ったのだ。

「悪《わり》い!」

ビリーが寝転んだままショットガンをふった。

「挨拶のつもりが、狙いが狂っちまった。頭の上を狙ったんだぜ」

「何をしてる!?」

JINJURO の声が叱咤した。

「さっさと射て!」

「バントライン先生は、おめえの私闘だと言ってるぜ。そこまでは付き合えねえなあ」

この返事に声は沈黙した。

不意に揺れが熄《や》んだ。

いきなり、銃声が上がった。ビリーと仲間たちに拳銃を向けた三人組を、ビリーがあっという間に抜き射ちで倒したのだ。

そちらに気を取られ、木立ちに眼を戻した時、シノビの姿は消えていた。

——どこへ!?

まさか、おれの左手五メートルの草むらだとは!?

二つの影が左右に跳びはね、右のシノビと左の赤シャツとジーンズ姿に化けた。

シノビの右肩には赤い染みが広がり、男——JINJUROの右肩にも、血の花弁が大きく開きつつあった。

「消耗しすぎたな――息切れか」

とシノビが低く言った。

「それも愛嬌よ。おれの忍法〈脚揺れ四方《ASIYURESIHOU》〉――地上でとくと味わうがいい」

ＪＩＮＪＵＲＯが、どんと地面をひと踏み――しかけて止まった。

「〈髪縛り《KAMISIBARI》〉――風下へ来たのがおまえの不運だ」

ＪＩＮＪＵＲＯの左足が上がり、また停止して、彼は横倒しになった。

その口元に勝ち誇った笑いが浮かんだ。

「忍法〈腕揺れ四方《UDEYURESIHOU》〉」

彼は右の拳を地面へ叩きつけた。

凄まじい衝撃がまたも世界をゆすった。

馬が横倒しになるのをおれは見た。おれも吹っとび、草むらに落ちた。

肩と腰の痛みをこらえながら、おれは見た。空中に浮かぶシノビを。高さは約一〇メートル。地の揺れも及ばぬ右手から、びゅっと黒い光が闇を切って、ＪＩＮＪＵＲＯの胸に吸い込まれた。

もう一度、風を切る音。

夢中で向けた眼の中で、シノビの眉間と心臓に細長い刃物が突き刺さった――と見えたが、それはシノビの右手に握り止められ、次の瞬間、ＪＩＮＪＵＲＯのいるあたりから、嘔吐《おうと》のような呻きが上がった。

おれが見たものは、こちらも眉間と心臓に自らの武器を突き立てて、仰向けに倒れる影だった。

みるみる土気色になるＪＩＮＪＵＲＯに、シノビが歩み寄って、

「あと二人――呪万寺玄斉と座頭坊はどこにいる？」

と訊いた。日本語だ。

死に行く男の眼がうっすらと開いたが、それだけだった。最後の吐息の音をおれは聞いた。

シノビが振り向いた。

ビリーと仲間たちが近づいて来るところだった。武器を構えてはいるが、辛そうだ。おれの尻の痛みと同じく、忍法〈腕揺れ四方〉とやらで、地べたへ叩きつけられたせいだろう。

「もうひとりは、どっか行っちまったようだな？」

ビリーは四方を見廻した。エドの姿がない。どこかでひっくり返ったのかも知れない。

「脈を取れ」

と仲間に命じて、ビリーはショットガンの銃口をシノビに向けた。

「おまえがマーフィーの一味じゃなくても、うちの働き手を殺した以上、只じゃ済まねえぜ、日本人」

「あれは私闘だ。おまえも認めたろ」

おれは口をはさんだ。ここでシノビを殺されちゃ、わざわざこんな血腥《ちなまぐさ》い土地へやって来た意味がない。

「しかも、日本人同士の戦いだぞ。目くじらをたてることもあるまい」

「確かにな。だが今はひとりでも味方が欲しい

ところなんだ。それを減らされて、そうかいじゃ通らねえ。もっとも、あいつがあんな化け物だとは思わなかった。その仲間も消しちまいたいというのが、正直なところでな」

「なら、化け物を味方につけたらどうだ？」

さすがに、この提案は虚を突いたらしく、ビリーは「え!?」と洩らした。他の二人も眼を見張った。

「君の仲間が奇怪な術を使う化け物なら、彼はそれ以上の力を持つ化け物だ。しかも、リンカーン郡の戦争《ウォー》には完全中立――無関係だ。そっちにつけば、これ以上ない戦力になるぞ」

明らかに、ビリーはその気になった。顔つきが変わったのでわかる。おれは胸を撫《な》で下ろした。

「断る」

どこのどいつが平和を乱しやがる、と思ったらシノビだった。慌てたね。

「おい！」

おれの渋面へ、

「おれには、まだ二人――斃さなければならん目標がある。ここで愚図愚図してはいられない」

とシノビは言いつのり、ビリーの形相は狂暴そのものとなった。

「こいつは乗り気じゃねえぜ。先生」

「そんなことはない。なあ、よく考えろよ、シノビ。この戦いにはこちらに理がある。だとすれば、正義は必ず勝つから停戦となれば、おまえは大金持ちだ」

「正義は勝つ？」

シノビは静かにおれを見た。おれは胸をひとつ叩いてうなずいた。

「勝つとも」

「大金持ち？」

「勿論だ」

「正義と金持ちと――どういうつながりだ？」

「それはだな――」

どうつながらせようと考えた時、ビリーが割って入った。

「どうするつもりだよ、お二人さん？」

ショットガンの銃口は、こちらへ向けられていた。声にいら立ちが押し合いへし合いしている。いざとなったら――

背筋に冷たいものが通った。ビリーたちの殺気だ。危《やば》い。だが、おれはどちらの方を案じているのだろうか。

ビリーたちの背後から鉄蹄の響きが近づいて来た。複数だ。

ビリーが舌打ちして、

「誰だ？」

と訊いた。仲間のひとりが振り返り、テンガロン・ハットの下に手をかざして、

「マクスウィーンさんと――お霧だ」

と言った。

「仕様がねえ――おれたちの出る幕はもうねえぞ」

ショットガンを下ろして、ビリーは介入者を待った。

2

アレクサンダー・マクスウィーンはカナダ生まれの出自はスコットランド人だ。タンストールと組んで始めた雑貨屋兼銀行が、マーフィーとドランの商売敵になって、このトラブルが勃発したのだが、剛腹な男で銃撃戦も辞さず、それが火種を大火に拡げる結果となった。

おれたちは彼の牧場に招かれた。シノビがついて来たのは、お霧が是非と請うたせいだろう。

牧場の母家で、おれたちは夕食を摂った。食事は黒人の召使たちが用意し、お霧はマクスウィーンの隣の席についた。ただの家政婦でないのはわかっていた。扱いは家族並みだ。

あのお霧とはどう見ても同一人物だが雰囲気が違う。奴隷制大賛成の南部で、東洋人をここまで丁重に扱うとは信じ難いことだ。この女、魔術でも使うんじゃないかと、眼を光らせていたが、物静かな挙措《きょそ》といい、マクスウィーンやおれたちへの心配りといい、これなら大事に扱われるのも無理はないと納得させられるばかりで、おかしなところなどひとつも見つからなかった。同席を許されたビリーも、お霧にはおれたちとは異なる親愛の眼差しを向けている。

「正直、陣十郎が殺されたことに文句をつけるつもりはない」

とマクスウィーンは言った。

「あれは半年程前に流れて来た男で、牧童として働かせていた。そのうちにおかしな術を使ってみなを脅かしていると耳に入り、真偽を質《ただ》そうと思っていたのだよ」

　おかしな術というのは、牧童仲間とカード遊びに興じている最中に、その一枚を外の木に投げると、鉄板みたいに突き刺さったとか、庭先で見つけたガラガラ蛇をひと睨みで大人しくさせたとか、ある牧童が納屋《なや》へ入って行くと、天井から蝙蝠《こうもり》みたいに逆さまにぶら下がっていたとかだ。

「うーむ。実に恐るべき話ですなあ。まこと東洋人は何をしでかすかわからん」

　マクスウィーンを喜ばせようと、おれは一挿話ごとに膝を叩いたが、シノビの仲間なら簡単なことだと思った。


「わしは正直、迷信に骨まで染まった黒人たちの世迷言《よまいごと》と気に止めてもいなかったが、そこの君——陣十郎を斃したとなると、君も同じことが出来るのか？」

　君とはシノビのことである。

「少しは」

「君」はあっさりと言い放った。

「ほお、見せてもらいたいものだな」

　とんでもないことを言い出しやがる。

　おれはシノビによせと目配せしたが、彼は気にも止めず、

「ここで？」

　と訊いた。マクスウィーンは驚きを隠せなかった。そこまで考えてはいなかったのだ。ビリーも眼を丸くし、お霧も慌てた風にシノビを

見つめたが、気を取り直したマクスウィーンが、

「これは面白い。是非とも見せてくれたまえ」

と大きくうなずいた。案の定、

「おい、おかしな真似をするなよ」

ビリーがナプキンで口を拭ってから立ち上がった。左手はコルトへとびつく合図の電流を待っている。

「よさんか、ビリー」

マクスウィーンが苦笑を浮かべて、シノビを見た。

「陣十郎はカードを木の幹に刺したと聞いた」

シノビは立ち上がり、テーブル上の花瓶に手をのばした。赤い薔薇が五、六本顔を出している。一本を抜いて手もとに置くと、

「ビリー、好きな時におれを射て」

と言った。

若い凶漢は思いきり眼を剥き、内心の動揺を押し隠しながら、

「――そらいいが、どうしようってんだ？」

と訊いた。シノビの行動が全く理解できなかったのだ。

「抜けばわかる。遠慮は無用だ。射っても構わん」

そして、

「射てればな」

これが、ビリーの闘争本能に火を点けた。

「抜かしやがったな、日本人野郎《ジャップ》。今さら訂正は利かねえぜ。望み通りにしてやらあ。だが、おれが先に抜いて射ち殺しても当たり前だ。おい、作家先生――合図に手を叩いてくれや」

「わかった」

おれはためらいもせずに受けた。しかし、今回だけはシノビ優位が鉄壁とは思えなかった。ビリーの早射ちは常人離れしているのだ。それでも引き受けたのは、西部一の早射ちと日本の忍者との戦いを眼《ま》のあたりにしたいという、抑え難い好奇心からだった。

おれは席を立たなかったが、黒人たちは我先にと後退し、マクスウィーンとお霧も席を立った。

生死を分かつあの独特の空気が、華麗な空間を埋めつつあった。

それが急激に高まり、一気に頂点へと昇りつめた瞬間、おれは手を叩いた。

視界を朱色のすじが走った——としかわからない。

シノビの右手はビリーに向けられていた。ビリーは立ち尽くしたまま動かず、自慢のコルトはホルスターから半ば抜いた位置で止まっていた。シノビの手もとの薔薇はテーブルから消え失せ、真紅の花をビリーの左肩——やや下に絢爛と咲かせていた。

「そこを刺されると、胃の腑は活発に働き出すが、身体の右半分が動かなくなる。ただし、痛みはないし、抜けば元通りだ」

思わず、おれは快哉《かいさい》の口笛を吹いた。他の全員は茫《ぼう》として動かない。〝身動きせずコンテスト〟をやったら全員優勝に間違いない、とおれはヘンな確信を抱いた。

薔薇を抜き取るや、ビリーは全身を震わせて

呻いた。意外な反応に、

「痛がりか？」

と訊くと、急に尋常な表情に戻り、傷口を抑えて、

「痛くねえ」

と言った。

全員が呆然と、魔法使いを見つめた。シノビは黙々とオイスター・シチューを口に運んでいた。

おれは薔薇の茎を眺めた。端は斜めに切り落としてあるが、それだけだ。単なる植物をもって、分厚い革のベストと綿シャツと人体を紙のように貫いた男がおれたちと一緒にいるのだった。

「信じられねえ」

とビリーがつぶやいた。

「痛くもねえし、血も出てねえ。ちゃんと前と同じに抜ける」

コルト――確か〈ライトニング―稲妻〉というモデルだ――をホルスターへ戻し、左手を閃かせると、拳銃はぴたりとその手に納まっていた。

何とも言えない表情で、シノビへ、

「あんた――何者だ？　人間か？」

それは、全員の知りたい事柄だったろう。

「忍者だ」

シノビは返した。

この後、忍者とは何だかんだと大騒ぎになってもおかしくはなかったが、マクスウィーンもビリーも沈黙に陥った。好奇心よりも恐怖に駆られたのである。おれですら、平然と料理を平らげるシノビを不気味なものと感じるのを止め

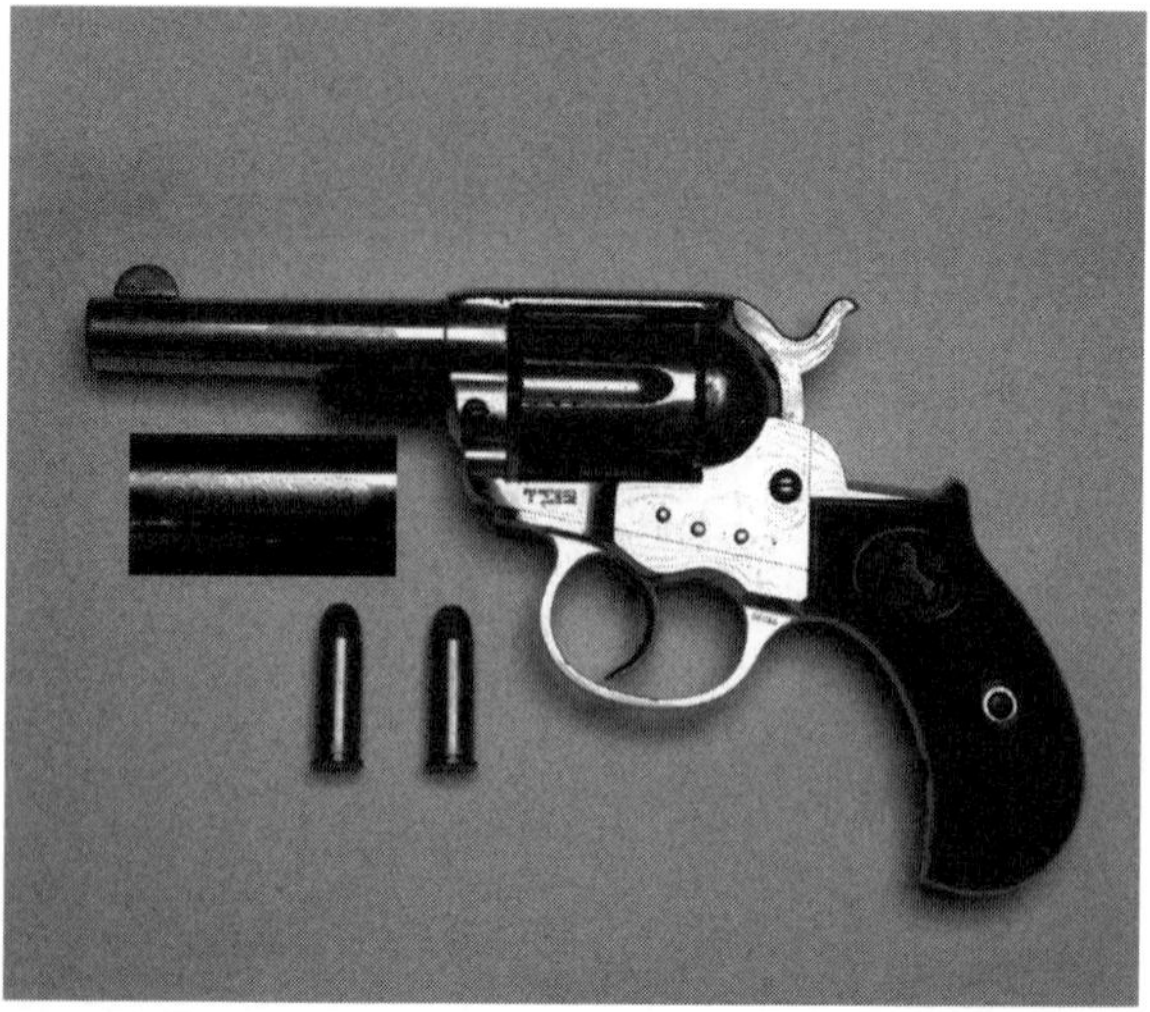

Colt・1877 ーライトニング

ることは出来なかった。お霧だけが平然としていたのは、この女もＮＩＮＪＡの仲間だからである。

その晩のことである。おれは早速、昼間目撃したシノビと陣十郎の戦いを原稿にまとめた。

――ＮＩＮＪＡ同士の戦いは、我々アメリカ人の想像を絶するものであった。わが輩もこれまで、多くの土地でその数だけの戦いを眼にしてきたが、これぞ東洋の大神秘の具現と断言し得る。わが輩の眼の前で大地は崩壊し、天からは炎の玉が落下し、井戸水は腐って泉は燃え、家畜どもは一晩の間に、ビーフとポークとラム・ステーキに化けてしまったのだ！

シノビと陣十郎は、リンカーンの町の西方二〇キロのところに広がるマクスウィーンの牧場で相対した。見守る我れバントラインと、ニューメキシコ一帯ではその名も高い少年殺人鬼ビリー・ザ・キッド、及び〈辺境の王者〉バッファロー・ビル・コディ、〈拳銃王〉ワイルド・ビル・ヒコック、〈美しき殺人者〉クレイ・アリソン、〈西部の殺人キング〉ベン・トンプソンと、マクスウィーン本人。そして、この凄絶な冒険物語を通じて、ただ一輪の可憐なる野生の花、安らぎの泉――日本の美少女・お霧。

その眼の前で、隔てる距離は一〇メートル。どちらも身に寸鉄を帯びぬままであり、たくましい肉の鎧《よろい》に包まれた上半身は銅色に灼けている。悪の権化陣十郎は、髭だらけの悪相が下まで及んだか、ネアンデルタール人のごとくに毛むくじゃらだが、対する若き忍者シノビは、東洋にはあるまじきギリシャ神話のアドニスのごとき美青年。しかも、陣十郎が我々も馴染みのリーバイスで下半身を覆っているのに対し、こちらは太股から下は剥き出しの短パン一枚。陽光を浴びてかがやく腿には、どこで受けたか数本の血のすじが鮮やかに紅く、同国の敵を睨むその両眼には、太陽をも凌ぐ熱気と怒りが渦を巻いていた。

先に仕掛けたのは、やはり悪――陣十郎であった。

彼は右足を高く上げるや、思いきり地面を踏みつけた。そのとき生じた揺れを、なんと形容したら良いのだろう。有史以来の大地震？　ソドムとゴモラを破壊した天変地異か？　読者よ、大仰と言いたまうな。わが輩は、そして名だたる西部の銃豪たちは見たのだ。否、体験したと言わせてもらおう。

　足下の大地は陥没《かんぼつ》し、母家も納屋も次々に倒壊した。一天にわかに掻き曇り、風は大帝《ゼウス》の呼気のごとくに吹き荒れた。一瞬のうちにシノビの姿は大地に呑みこまれ、わが輩も銃豪たちもこれでおしまいかと思った。

　だが、読者諸君よ、見るがいい。崩れた地の大空洞から天頂めがけて一直線に躍《おど》り出た人影を。

　おお、シノビ！　東洋の神秘。日本一の忍《NIN》法者《POUMONO》。

　彼は崩壊する大地の中でただひとつ——びくともせずに屹立するオークの巨木——五〇メートルにも及ぶその頂《いただき》に、すっくと立ったではないか。

「絶景かな《OH,SPLEND VIEW》、絶景かな《OH,SPLEND VIEW》」

　若く美しい忍者は大笑した。

「お前の忍法は〈誰もがのけぞる大地雷〉——確かに見たぞ。では、お返しに、拙者《SESHA》の技を見せてやろう」

　彼の身体は、独楽《こま》のように回転した。次に生じた光景は、むしろ、現象というべきかも知れぬ。だが、この死闘の後で、ビリー・ザ・キッドも、ビル・ヒコックも、クレイ・アリソンも、わが輩と意見の一致を見たのだ。それに間違いなし、と。

　それはあたかも暗雲渦巻く空の一点から生じた竜の尾——竜巻《たつまき》のごとくであった。シノビは右手を上げた。竜巻はその手に吸いこまれた。

「忍法〈ソドムとゴモラを滅ぼした大帝《ゼウス》の稲妻〉――食らえ！」

陣十郎は、わずかに残る大地の上に立っていた。

シノビの手は彼をさした。竜巻はかがやく雷光と化して、その心の臓を貫いた。倒れる忍者の身体はみるみる炎に包まれ、眼前の穴の中に落ちた。

シノビの勝利だ。正義は常に勝つ。この大西部のただ中で、彼はついに親の仇を討ったのだ。

天よ、ともに泣くがいい。

だが、これで終わりとは行かなかった。

居並ぶ銃豪たちが、泥みたいな地面に足を取られながらも立ち上がり、シノビに銃を向けたのだ。ビリーは〈稲妻〉を、バッファロー・ビルは一撃で野牛《バイソン》をKOするシャープス・ライフルを、ワイルド・ビルはレミントン1858を、ベン・トンプソンとクレイ・アリソンは、ともにコルト**45**を。全て――敵。彼らは陣十郎ともども、マクスウィーンに雇われていたのだ！

「やめんか、相手はひとりだぞ！」

読者も、わが輩という人間をよくご存知だろう。なによりもネッド・バントラインはアンフェア――不正を憎む。五挺の銃口の前に身を投げ出すのに、わずかなためらいも感じなかった。

射つがいい。我が燃える心臓は、喜んで不正の弾丸を受けるだろう。

銃豪たちも、ひとめで我が決意を読み取った。そうなれば、知らぬ仲ではない。

「立派だぞ、バントライン」

「男の中の男だ」

「自分が恥ずかしい」

口々にわが輩を讃え、自らを悔いて彼らは銃を下ろした。

その隙に、シノビは無事姿を消していたのである。ひとこと礼が欲しかったぞ。

3

この原稿を書き終え、窓の外を見ると、満天の星空の下に、シノビが立っていた。

この男の一挙手一投足が気になるおれとしては、外へ出ざるを得なかった。

声をかける前に、

「寝《やす》んでいろ」

と声をかけられてしまった。世話はない。

「マクスウィーンの要求について考えているのか？」

と訊いた。食事の後、彼はシノビを仲間に加えたいと申し込んだのだ。シノビが沈黙していると、こう付け加えた。

「陣十郎が連絡を取っていた仲間の住所を教えよう」

と。

シノビはひと晩考えさせてくれと言った。おれは、それか、と思ったのである。

「あと二人だったな。話に乗ったらどうだ？」

すると拍子抜けするくらいにあっさり、返事があった。

「戦うのは構わん」

声に含まれたかすかな虚しさに、おれは驚いた。

「だが、戦う必要のない戦いは忍びの掟に反する」

「ふむ。だが、何かを手に入れるには何かを捨てなくちゃならんぞ」

「承知している」

「なら、悩むことはないでしょ」

およそ、状況とおれたちの心情にふさわしからぬ明るい声が、闇の向こうから上がった。

「お霧!?」

と叫んだのはおれだ。

女はシノビから六ヤード（約五・四メートル）ほど離れた地点に現れた。月光の下に絢爛たる衣裳も、それを包む雰囲気も、牧場での彼女とは別人だ。

「おまえは何者だ？」

「見ての通りよ。お霧でえす。そっちの旦那が、あんまりまどろっこしいから出て来たのよ。お行儀のいいお霧さんは、ぐっすり眠ってるわ」

おれの問いに、

「二重存在《ドッペルゲンガー》か？」

「――何よ、それ？」

お霧は小莫迦にしたように笑った。その身体がふわりと宙に舞うや、シノビの頭上を軽々と越えて、おれの前に立った。

おれの眼は大きく開いた胸もとのふくらみに吸いついた。当然だ。

「あーら、獅子爺《ダーティ・オールドマン》さん。もっと見たいの？　後ろのお兄さんはどう？」

「おまえは――本当に忍者か？」

シノビが訊いた。

「NOよ。でも、もうひとりは北条の忍び――風馬小太郎の孫娘。あたしは、あの女がはいはいの頃から、一緒に現れていたわ」

「忍法ならぬ忍法――少々厄介だな。あちらのお霧もそれを知っておるのか？」

「だから、いつも辛気臭《しんきくさ》い顔をしてるじゃないの」

「なぜ、この国へ来た？」

「ある男から逃げるためよ」

「ある男？」

「あたしといれば、いずれ会えるわ。追っかけて来たらしいから。噂ではアリゾナにいるって」

お霧はにやりと笑った。おれの背筋の下で虫が蠢《うごめ》いた。

「あたしのことより、シノビ、つまらないことで悩むのはおよし。あんただって、武士の敵討ちが、どんなに悲惨なものかは承知してるでしょ。まして、相手も忍者よ。あんたが追いついて来たと知れば、隠形《いんぎょう》の法を使う。あんただって絶対に見つけられないわ。そして十年二十年と荒野をさまよう羽目になる。これじゃ無意味よ。気づかれないうちに見つけるのよ。マクスウィーンに力を貸して――」

「おれもそう思う」

いきなり、母屋の端からビリーが姿を見せた。

シャツとズボンはずっとゆるい品に替えてあ

ビリー・ザ・キッド

るが、ガンベルトとコルトはそのままだ。

「のんびり旅してたら、いくら電信があっても相手は見つからねえ。早いとこマクスウィーンさんに付きな」

妙に親しみをこめた口調であった。

お霧を見て、

「何度か見かけたが、やあっとご尊顔を拝めるぜ。何者だ？」

「あたしにもわからない。世の中を面白おかしくするために出て来たことはわかってるんだけど」

「面白おかしく？　確かに面白えことを言うな。どうやって面白くするんだい？」

眉を寄せるビリーへ
「じきにわかるわよ。ビリー・ザ・キッド」

「その綽名《あだな》は嫌《きれ》えだ。二度と口にするな」

キッドには〝小僧〟の他に〝羊〟って意味もある。そういや、ビリーの顔は——似ていなくもないな。

お霧がにんまりと唇を歪めた。

「あーら、ごめんなさい。キッド」

「てめえ」

ビリーが拳銃を抜いた。短気なのはわかっていたが、ここまでとは思わなかった。おれもシノビも止める間もなく、銃口はお霧目がけて火を噴いた。どこを狙ったのかはわからなかったが、わざと外したりしなかったことは確かだ。それなのに、お霧は艶やかな笑い声をたてた。

立ちすくむビリーへ、

「安心なさい。見事心臓に命中よ。でも、別のところにも当たったわね」

気のせいではなかった。やはり、お霧の背後の闇の中で、かすかな悲鳴が上がったのだ。侵入者だ！

「下がれ」

シノビが闇の方を向いて言った。ひょっとして、こいつも知っていたんじゃないか——いや、知らない方がおかしい。

おれは真っ先に母屋に飛び込んだ。怖かったわけじゃないぞ。正確に出来事を記述し、後世に遺《のこ》すためには、傷つくわけにはいかんのだ。

また、小さな火線《かせん》のきらめきと、パン。壁に命中した。

シノビがゆっくりとこちらへやって来た。一発目で伏せた——情けない——ビリーも、何だこりゃ、という風に起き上がり、柱の陰から連射を放った。

シノビが入って来た。外ではビリーが、笑いながら射ちまくっている。対して、数秒おきに、パン——が反応だ。

「〈髪縛り〉か？」

おれはシノビに訊いた。反撃があまりにも散発的だ。射たないわけがない。射てないのだ。

ふっふっふときた。やっぱりか。

「向こうは何人だ？」

闇を透かしながら訊いた。

「ざっと四〇人」

「――戦争でもやるつもりか？　ドランとマーフィー派か？」

「そうよ」

シノビの背後で、お霧が手を叩いた。

「なぜわかる？」

「さっき覗いてきたわ。ひとりだけ例外がいるみたい」

「誰だ？」

シノビの問いである。

「名前は知らないの。ノッポの兄《にい》さん」


おれはシノビを見つめた。ビリーのところへ行きたいと言ってた男――エドか。昼間、ビリーの攻撃を受けて、逃げ出した後どこかへ行っちまったが、どうやら敵方に加わったか、捕虜になるかしたらしい。後者だとしたら、ビリーに会いたいとゴネたのだろう。シノビは無反応である。

窓ガラスが砕けた。今度はパンパンだった。髪の毛がほどけたらしい。それでも四〇人分とは到底思えない。

「こう来なくちゃな」

喜びに溢れたビリーの叫びに、ライトニングの連射が加わった。悲鳴が上がった。

「ほれ、どうした。こっちはひとりだ。かかって来い」

硬い音が続いた。空射ちだ。ビリーが舌打ちして、弾丸を詰め直しはじめた時、シノビが、

「逃げ出した」

と言った。引き返す馬の足音を聞きつけたのだろうが、質す気にもならなかった。

ビリーが戻って来た時、奥のドアからマクスウィーンと洋燈《ランプ》を手にしたお霧が飛び込んで来た。マクスウィーンはライフルを掴んでいる。外からは牧童たちが、これもライフルを手に駆けつけて来た。ガンベルトを腰につけた者より、肩からかけている連中が多い。射ち合いとなれば、頼りになるのはライフルなのだ。

マクスウィーンには、敵の尖兵をビリーが見つけ、簡単な射ち合いで撃退したと話した。丸め込んだとは言わないが、不信そうな顔だけで文句はつけなかったから、良しとしよう。相手の人数は三、四人としておいた。

マクスウィーンを驚かせたのは、そちらより、シノビが参加すると言ったことだった。

「今夜のうちに、ここを出るべきだ」

と彼は言った。

「明日、襲って来るぞ」

「まさか――いくらマーフィーとドランがならず者でも、何の容疑もなしにそんな真似をするとは思えん」

「弁護士は筋を通したがるが、マクスウィーンさん、自分もシノビと同意見だ」

おれの言葉に、最大の同調者が加わった。

「おれもそう思います。奴ら、筋や道理を云々《うんぬん》すべき相手じゃねえ。早いところ、ここを出て

――そうだ、町ん中のオフィスに閉じこもるべきです」

ビリーは熱を込めて言い放った。おまえが筋だの道理だのと思ったが、実動部隊長の言い分は効いた。

「わかった。夜明けに町へ移ろう。あそこなら、いくらマーフィーでも滅多なことじゃ襲っては来られまい。すぐに支度にかかる」

マクスウィーンとビリーを含めた牧童たちが去った後、出発の用意をしているおれたちのところへ、お霧が戻って来た。

思いつめたような表情が、新たな騒動を予感させた。いくらでも来い。ネタは多いに限る。

「このまま私を連れて逃げて下さい」

とお霧はすがるように言った。

「明日は戦いになります。危険だわ」

「なぜわかる？」

答えのわかっている問いは、意地悪のつもりではなかった。こちらのお霧――多分、本体の方の口から確認したかったのだ。

「――もうひとりの私が。間違いありません」

「やっぱりな」

え？　という表情に変わったお霧へ、

「おれたちも知ってる。いつから出るんだね？」

お霧は呆然とおれたちを見比べてから、

「子供の頃、気がつくともういました」

「あれは――出ていなくても、君と話が出来るのか？」

「彼女が出ているのは、あたしが眠っている時です。その間に、私には到底わからない、色んなところへ行って、色んなことを学んでくるんです。でも、私のものにはなりません」

「さっきは？　まだ眠るには早いだろう？」

「疲れてうとうとしていました」

「彼女の意志で出て来ることはないのかね？」

「前に二回だけ。でも、その後がとても苦しそうなんです」

ちなみに二度の出現は、本体のお霧が雨の日に馬車で移動中、壊れかけた橋をそれと知らずに渡りかけた時と、深夜、強盗が家に押し入ろうとしていた時だった。どちらも危険を知らせてくれたという。

「その話からすると、苦しみながらも君の死を防ごうと努力しているようだ。君が死ねば、もうひとりの君も死ぬわけか」

「だと思います」

不意にシノビが訊いた。

動揺がお霧の顔に広がった。

「その前に――あっちはおまえと正反対の気質らしい。危ない真似をしでかしていないか？」

返事はない。それが返事だった。

「この国の言葉で言えば、あっちはトラブル・メーカーだ。面白いこと、と言っていたが、おまえの迷惑も顧《かえり》みず、喧嘩や射ち合いを引き起こしたことがあるな？」

お霧はうなずいた。死人のような顔色に見えたが、これは洋燈の光のせいかも知れない。

二カ月くらい前、郡保安官が来て、リンカーンの隣町の酒場でお霧が男たちを挑発した挙げ句に射ち合いが起こり、カウボーイが二人死んだ。そのとき、酒場の客にマクスウィーンのところで彼女を見かけた男がいて、保安官にご注進に及んだらしい。幸い、この時間に眠っている彼女を召使の女が目撃しており、人違いで済んだ。

「以前にもありました。そのたびに、何とか切り抜けて来たんです。アガタ——黒人の娘が私が眠っていると証言してくれるのも、私が就寝中の確認を頼んであるからです。でも、いつか、あの娘《こ》の——もうひとりの私のせいで、私が捕まってしまう、誰かの恨みを買って殺される——そんな気がするんです」

「あっちは幻に等しい」

とシノビが言った。

「おれの仲間にも似たような忍法の遣い手がいた。だが、そいつは眠っている間に、おれたちの見ている前で、全身を斬り刻まれて死んだ。後で、分身が同じ時に同じ目に遇ったと聞いた。怨みを買った奴らに惨殺されたんだ。おまえの分身はどうだ？　あいつが射たれても刺されても、おまえには何の影響も及ぼさないのか？」

「わかりません。今までは何も。でも——」

「あっちが消えたら、か？」

「そうです！」

恐怖がお霧の顔を歪めていた。

「私が眠っているうちに、あの娘が死んだら——私はどうなってしまうのか、考えたら怖くて怖くて、何も出来なくなってしまうのです。でも、ここへやって来た商人から、テキサスのサンアントニオに、とても強力な魔法遣いがいると聞きました。その人なら、あの娘を消してくれるかも知れない。私、そこへ行きたいんです。連れて行って下さい」

お霧はシノビを見つめていた。哀訴《あいそ》の視線はあえなく撥ね返された。

「仕事がある」

「——あなたは⁉」

おれだ。

「駄目だ。彼の体験談を世に知らしめる義務がある」

お霧は眼を閉じ、その場に凍りついた。次の手を考えているのかも知れない。すぐに頭を下げ、

「ごめんなさい」

と言って、出て行った。次の手などなかったのだ。

おれはシノビを見た。

異国の忍者は、何事もなかったように、弾痕の残る窓辺に近寄り、闇の彼方を向いたまま、身じろぎもしなかった。おれにも理解し難い、別世界の人間の後ろ姿だった。

第五章　列車強盗

1

　翌朝、おれはシノビに起こされた。眠い。窓に眼をやると、まだ空は暗い。

　撥ね起きた。シノビはアカンベをしていたのだ。

「何のつもりだ？」

　動転したせいで、怒声にも力が入らない。

「敵が来る。五〇人以上だ」

　一発で覚醒した。

「――どうしてわかる？」

「昨夜、牧場の周りに髪を張っておいた。それが切られたので見に行った。全員武装している。あと一〇分もすれば到着するぞ」

「す、すぐ、マクスウィーンに知らせろ」

「知らせてある」

「昨夜みたいに縛りつけて時間を稼げ」

「敵は風上から来てる」

　ドアの向こうで走り廻る気配と足音に、おれはようやく気づいた。大慌てで服を着ながら、

「マクスウィーンはどうするつもりなんだ？奴ら、本気で射ち合いをやらかすつもりだぞ」

　声も焦っている。

「リンカーンの町だ。昨日決めたろ」

「あ」

我ながら、泡食うとはみっともない。

リンカーンの町ならでかい石と煉瓦造りの家兼オフィスがある。あそこならドンパチ始まってもそうそう落ちないし、何と言っても町の真ん中だ。攻撃する方も気安くは出来まい。着替えを終えた時、激しくドアが叩かれ、返事をする前に、牧童のひとりが顔を出して、すぐ荷物をもって裏口に来てくれと告げた。

おれとシノビが出て行った頃には、もう牧場中の連中が集まっていた。馬も馬車も揃っている。

話はついているらしく、マクスウィーンはくどくど言わず、

「全員、馬に乗れ。セルヴァンの谷を抜けてリンカーンへ出るぞ」

と言った。正面を避ける手段としては、最も近道だ。

ビリーがちょっと考えてから、

「谷間で追いつかれると厄介だ。ジャドスン、五人を連れて奴らを迎え撃て」

「わかりました」

牧童のひとりが部下を振り向いた時、おれはシノビの姿がないのに気がついた。

面倒臭くなって逃げたか？

答えは、一時間後、リンカーンへ入った時、明らかになった。

ジャドスン一行が背後から合流し、ビリーと一緒におれの隣に来て、おかしなことを言い出した。牧場を出て二分としないうちに奴らと出食わしたが、打つ手も考えられずにいる間に、

奴らの方で次々に馬ごとつんのめって前方へ投げ出されてしまったのだという。

「まるで目に見えないロープでも張ってあるみたいにな。しかも、起き上がった奴らの間を緑色の塊《かたまり》が獣みたいなスピードで走り抜けると、バタバタと倒れて動かなくなってしまった。ありゃ、一体何者だ？　おまえと一緒にいた日本人はどこにいる？」

ジャドスンの話の途中でおれには真相が閃いていた。

すぐ周りを見た。

いない。

ビリーもあちこちに眼をやって、

「やっぱり、あいつがやったのか？」

とおれを見つめた。化け物でも見る眼つきだった。やめろ。

先頭のマクスウィーンの馬が止まった。住まい兼オフィスの前に着いたのだ。

思わず声が出た。三人揃っての驚きの斉唱だ。

頑丈そうな建物の前で、こちらを眺めているのはシノビだった。

「違ったか」

ジャドスンは拍子抜けの声を上げた。

「おれたちは報告しようと全速力で馬を走らせた。追いつけるはずがねえ」

敵を一蹴《いっしゅう》してのけた緑色の塊のことだ。

「いいや」

呻くように否定したのは、ビリーだった。興奮と期待に燃える眼が、シノビを映していた。

「あいつだ。間違いねえ。畜生、ゾクゾクしてくるぜ」

熱に冒されたみたいに、つぶやいてから、

「ああ、敵だったら、射ち殺してやれるのに」

町中の注目を浴びながら、マクスウィーンの家に入ってすぐ、保安官のジョージ・ペピンが助手を引き連れて押しかけて来た。

内部《なか》へは入れず、マクスウィーンとビリーが応対した。おれは玄関脇の窓を小さく開けて耳をそばだてた。

「そこの小さいのに逮捕状が出ている」

ペピンは馬上からビリーへ顎をしゃくった。しゃくられた方はうす笑いを浮かべている。

「ウィリアム・ボニーことヘンリー・スカーティ。ウィリアム・モートン及びフランク・ベーカー殺人容疑で逮捕する。大人しくついて来い」

「証拠はあるのか？」

とマクスウィーンが訊いた。こちらは丸腰だ。

「ああ、証人がいる」

「誰だ？」

ビリーがさすがに驚きを表して訊いた。

「現場を目撃していたという」

「だ、誰だ、そいつは？　どこにいる？」

「――今はおらん」

保安官の顔に動揺が流れた。

「――だが、すぐに戻って来る。多分、情報料の一〇〇ドル欲しさにな」

おれはシノビを捜した。隣にいた。もうひとり――お霧は他の女たちと一緒に別室へ下がっている。

「目撃者がいる以上、放っておけん。一緒に来い」

　保安官の合図で二人の助手が下馬した。向かって右の方が、手錠片手に近づいて来る。もうひとりはショットガンを腰だめにしている。いくら保安官だからといって、名士たるマクスウィーンにショットガンとはやり過ぎだ。一度に一八発のバラ弾が飛び出すショットガンは、少数の法の守護者が多数の暴徒に対してのみ許される武器である。それを使う理由はひとつ――マクスウィーンも殺《や》る気なのだ。ビリーにもそれはわかったらしく、表情が固い。抜き射ちでそいつを斃せたとしても、射たれた途端にショットガンが暴発したら、マクスウィーンも危ない。


　結局、ビリーは連行されて行った。割り当てられた部屋へ入るなり、おれはシノビに食ってかかった。

「おい、なぜ、ビリーを助けなかった!?」

「関係ないことだ」

「じゃあ、朝の襲撃部隊を撃退したのはなぜだ？」

「あいつらは石油樽を運んでいた。牧場を焼き討ちにするつもりだったのだ。戦いは避けられまい。その前におれはここを出る」

「どこへ行く気だ？」

「残る二人――呪万寺玄斉と座頭坊のうち、玄斉はカンザスのダッジ・シティにいるという噂を耳にした。大分前だがね」

「ダッジか」

「知っているのか?」

「ああ。アリゾナのトゥームストーンと並ぶ無法地帯だ。カウボーイ、ガンマン、それに保安官——色とりどりの個性が覇を競ってる。断っておくが、五〇年、いや三〇年先には伝説の町になっているぞ。で、いつ発《た》つ気だ?」

「これからだ」

「おい、待て。おれの前渡し金を忘れるなよ」

面白くなるのは、これから先だ。大戦闘のさなかに、ビリー・ザ・キッドと戦う日本の忍者——必要なのはこれだ。逃がしてたまるか。

「わかっている。用意しろ」

「何だ、その言い草は? なにもわかってねえだろ。こんなに急《せ》かすのはどうしてだ?」

理由は訊く必要もなかった。通りの方で銃声が響いたのだ。

部屋をとび出してホールへ駆けつけるのと、ドアが開いて二つの人影がとび込んで来るのと同時だった。

ひとつは小柄のビリーだ。もうひとつは異様にでかい、七フィート(約二一〇センチ)超はある。ぎょろ目に東洋人が胡座《あぐら》をかいたような鼻、開くのに支えが要りそうな分厚い唇——そこにシノビとお霧の共通点を見るのは簡単だった。こいつも日本人だ。黒い着物の下は白くて太い——確か袴《はかま》とか言うズボンで、分厚い板の下にさらに二枚の板を嵌《は》めた一〇インチ(約二五センチ)もある履《は》き物の上は素足だった。

危《デンジャラス》ない——と思ったのは、毛むくじゃらの右手に握られた黒い鉄の棒だ。握りから先が、同じ太さではなくずんぐり膨れ上がり、鋭い鋲《びょう》が一面に生えている。どう見ても三〇キロ――女子供なら運ぶのも精一杯だろう。それをこいつは軽々と右手一本で回転させて、

「この家の主人はいるか？　雇い人を助けてやったぞ」

凄まじいブロークンな発音で喚いた。

マクスウィーンが、前へ出て名乗ると、

「拙僧《せっそう》、名は峨乱坊《GARANBOU》。日本の坊主――プリーストじゃ。この男は確かに、お宅の雇い人だな？」

「間違いありません」

「なら、礼、いや応分の喜捨を貰おうか。一〇ドルじゃな」

「おれが払います」

とビリーが言った。顔は無残に腫れ上がっている。私刑《リンチ》に遇ったのだ。

「助けてもらったのは確かなんで」

「どういうことだ」

「保安官事務所へ着く前に、ドランの手下が待ち構えていて、さんざん殴る蹴る――殺されるかと思ったら、この人が割って入って」

「拙僧は尋ね人について知りたくて顔を出したんじゃがな。いきなり暴行の現場じゃ。武器もない人間を武装した連中が寄ってたかって殴るなど、御仏の慈悲に反する。ところが止めに入っても暴漢どもは大人しくなるどころか、ジャップ、イエローモンキーなどと悪態をつきながら、拙僧に殴りかかってきよった。そこで大人しくさせたのよ。彼の話によると、これは不当逮捕だそうだ。拙僧が見てもそう思った。

で、こちらへ送り届けることにしたのじゃ。一発射たれたが、御仏のお力で当たりはせんじゃったの」

　全員が眉をひそめた。凄まじい高笑いが爆発したのである。

　おれもニューヨークやサンフランシスコで何人かの正業に就いている日本人を知っているが、彼らの方がおかしいのではないかと、この瞬間思った。日本ではこれが聖職者《プリースト》なのか。

　ビリーは脱出時に押収されたガンベルトや財布も取り返して来ていた。そこから一〇ドルを払うと、坊主はにんまりと唇を歪めて、

「ご喜捨に感謝――ではこれにて」

　ドアの方へ歩き出した。

　それで、おれたちとの縁はおしまいだ――と思った時、新しい顔が奥から現れた。

「おお」

　坊主の右手で鉄棒が廻り、ぐん！　と新参者を指した。

「見つけたぞ、お霧!?」

2

　お霧の顔が歪んだ。恐怖――というより、鬱陶しそうな顔つきになった。

　坊主――峨乱坊も、こちらははっと。

「――違った。おまえはお霧の壱《いち》だな。その弐《に》はまだ待機中か？」

「よくもこんなところまで。あの娘が嫌ってお

「もう遅い」

窓から通りを覗いたマクスウィーンが首をふった。保安官事務所の方から一〇人ほどが馬に乗ってやって来る。最初に来た三人はいない。おれは峨乱坊を見つめた。こんな奴を相手にしたら、軽く捻られただけで頭骨くらいポッキリだ。ビリーを痛めつけたというドランの手下も不在にちがいない。

五芒星のバッジをつけた若い馬面が馬を止め、マクスウィーンはいるかと呼んだ。即製の助手だろう。

「いるとも」

「おれは保安官助手のライリー・ギャンサガーだ。何で来たかはわかっているな？」

「ビリーなら渡さんぞ。お前らの仲間に私刑にるのが、まだわかりませんか」

「よおくわかっておるとも」

峨乱坊は銃身四インチ（約一〇センチ）のコルトくらい握り隠せるような大きな手をふった。

「ところが、拙僧は嫌われようが憎まれようが一向に構わん性質《たち》でな――とはもう知っておるな。従って、その弐の思惑とは無関係に追うておる。拙僧の思いを理解し、遂げさせてもらうためにじゃ。な、頼む、今すぐ出してくれ」

「無茶を言わないで」

「駄目か」

でかい坊主は、急にしょんぼりとしおれた。図体のせいで、おれは同情すら感じてしまった。

「拙僧は逃亡《ずらか》る。マクスウィーンさん、保安官が来たら、上手く言い逃れてくれ」

かけられた」

「ちょっとした行き違いだ。もう何もしないから、連れて来い」

「断る」

マクスウィーンはおれたちの方を見もせずに言った。弁護士が強いのは法定の言い争いだけかと思ったが、この男は違うらしい。

「この傷じゃビリーは殺されかけた。絶対に渡せんな」

「なら、公務執行妨害で、そこにいる連中全員に逮捕状が出るぞ。覚悟しろ」

「おまえたちこそ、不当逮捕で告訴してくれる。暴力行為に関しては、目撃者がいるんだ」

「――わかった。覚悟しておけ」

これが保安官助手の最後の言葉になった。

室内にドンと一発鳴り響くや、ギャンサガーは勢いよく上体を折り曲げて、馬の上に突っ伏した。

「ビリー!?」

誰かが叫んだ。

続く四連射で四人が落馬し、残る一頭がやって来たのとは反対側へと走り出した。

「何をする!?」

マクスウィーンの怒声に、ビリーはしかめっ面にうす笑いで、

「すいません。我慢できなかったもんで」

マクスウィーンは舌打ちした。それだけだ。遅かれ早かれこうなるのは、わかっていたことである。

「こうなったら戦争だ。みな覚悟しておけ。明

日は籠城《ろうじょう》戦になるぞ」

おれは、マクスウィーンに呼びかけ、

「使用人たちは解放してやったらどうだ？」

と提案した。

「どうする？」

幸い、黒人たちはみな集まっていた。驚いたことに全員残りますと言った。

「女は出て行け」

マクスウィーンは命じたが、黒い顔は横にふられた。

「わたしたちは何度も召使に雇われましたが、人間らしく扱ってもらえたのはこちらだけです。戦いになれば用事が沢山出来ます。お伴させて下さい。必ず役に立ちます」

「こう言ってるんだ。置いてやったらどうだ？いよいよとなったら白旗をふって出て行かせりゃいい。向こうも黒人だからと言って女まで射ちゃせんよ。そんなことをしたら、自分たちが殺人事件の犯人として告訴されちまう」

「告訴できればな」

マクスウィーンは、この阿呆がという眼でおれを見た。理由はわかっていた。

「ビリーの逮捕は契機にすぎん。奴らが狙っているのは我々の皆殺しだ」

「まさか」

と言ったのは、成り行きだ。過去の取材を通して、辺境の人間の思考やそれに基づく戦い方は、おれにもよくわかっていた。

無法の土地でも法は機能する。だが、時間がそれを許さぬ時、人間たちが唱えるものはひとつ——おれが法律だ。

この法律の執行は六連発が行う。

緊張が一同を包んだ。これが怯えに変わった時、勝敗は決まってしまう。

凄まじい高笑いが重い空気を吹きとばした。

峨乱坊だった。

「皆殺し？　面白い。なら先手を打ってやろう。おい、そこの、見たところおまえも日本人だろう。刀も帯びておるな。ひとつ力を貸せ」

「おい、どうするつもりだ！」

おれは慌てて口をはさんだ。シノビは金の卵を生むニワトリだ。コキ使われては困る。

坊主は嘲笑した。

「わからんか。戦さの鉄則はやられたらやり返すではない。やられる前にやれ、じゃ。これから保安官事務所へ押しかけて、いる奴を皆殺し、それで足りなければ、黒幕も部下どもも同じ目に——じゃ」

「戦火を拡大するな」

マクスウィーンが眼を剥いた。他の連中も、何だこいつは、という眼差しだ。

「ビリーを助けてくれたのは感謝するが、これ以上話を大きくしないでくれ」

「ほお、では、今の奴ら相手に収束出来ると思うか？　出来まいて。戦うと決まった以上、先手必勝じゃよ」

「やめて」

お霧が叫んだ。峨乱坊は破顔した。

「おお、可愛い声じゃのお。その弐もそれくらい可憐なら、こんな国まで追いかけて来る用もなかったのじゃが。まあいい、行くぞ」

シノビをちらりと見て、ドアの方へ向かった。

「やめろ！」

マクスウィーンが巨大な背中を指さした。横の牧童が数人、コルトを抜いた。撃鉄《ハンマー》が上がる音がした。

「これ以上トラブルを起こすな。もう出て行ってくれ」

「ほお、恩人を追い出すつもりか？　断っておくが、拙僧は全て好意から行動に移しておる。金は要らんが、感謝の意味での喜捨なら喜んで受ける」

「わかったわかった、とにかく出て行け。ビリーを救ってくれた礼だ」

「ボス」

ビリーが前へ出かけたが、マクスウィーンは押し留め、内ポケットから財布を出して峨乱坊に渡した。

険しい表情が崩れた。

「うーむ。金を出せば、というのが気に入らんが、まあ、よかろう。では、わしは何もせん。その代わり、ちょくちょく顔を出すぞ。なあ、お霧」

にんまり笑いかけてから、シノビへ眼をやって、

「おまえひとりいれば、あんなチンケなギャングども一〇分で片づけられるだろうに」

高笑いを閉じたドアが断ち切ると、全員の眼がシノビに注がれた。

「知り合いか？」

マクスウィーンの問いに
「いや《NO》」

とだけ答えた。

「ならいいが、おまえも騒ぎを起こしては困るぞ」

シノビは無言でうなずいた。

戦闘準備だ、とマクスウィーンが宣言し、ビリーとジャドスンの陣頭指揮で、窓には板が打ちつけられ、銃や弾丸が配られはじめた。女たちは台所に引っ込み、すぐ食欲をそそる匂いが流れ込んで来た。そのうちにおれは気がついた。

ありゃ、シノビがいない。


本格的な戦いは夕刻の少し前に開場された。

マーフィーとドランが、五〇人近い男たちを率いて、マクスウィーンの家を取り囲んだのだ。

牧童なんて面じゃない。どいつもこいつも、拳銃使い――殺し屋《キラー》だ。

「保安官のペピンは重態で病院にいる。助手のギャンサガー以下八人が死んだ。犯人のビリーと仲間を引き渡せ」

マーフィーが憎々しげに、というより愉しげに、通りの向こうに建つ雑貨屋から叫んだ。

「抵抗しても無駄だ、こっちはじきにもう五〇人助っ人が来るし、スタントン砦にも応援を頼んである。軍隊相手に戦争してみるか？」

と、ドランが嘲笑した。

「やかましい。人殺しが」

こう応じたのは勿論、ビリーだ。マーフィーのいる店の窓へ彼が一発射ち込むと同時に、ヘリンカーン戦争〉の火蓋は切られた。

〈辺境〉の住人ともなれば、腰に六連発、手にはウィンチェスターかショットガン、銀行ギャングや無法者、先住民たちと四六時中射ち合って、銃の腕はみな名人揃い――と東部の連中は信じているが、現実はそうそう射ち合いがあるもんじゃない。無法者は保安官、先住民は軍隊が引き受けてくれるから、住民が射ちまくるのはギャング集団相手の場合くらいだ。

西部史上最も有名なギャング集団――ジェームス兄弟一党が、一八七五年に、地の利を知り尽くしたミズーリ州ノースフィールドを離れて、土地勘もロクにないミネソタ州のファースト・ナショナル銀行を襲撃した際、これに気づいた市民たちは、たちまち銃を取って大反撃――見事、ギャング団を撃退している。ちなみに、我が世の春を謳歌《おうか》していたジェームス・ギャングは、これ以後、落日の一途を辿る。

かくの如く、一般市民が銃を取る機会は辺境といえども少なく、拳銃さばきを身上とするガンマンたちといえども、実戦に身を置く場合は、さして多くはなかった。それを射ち合い《ガン・ファイト》の世界と認識させたのは、刺激の強い物語を好む平穏な東部の市民社会に迎合した新聞記者やノンフィクション作家、小説家らのヨタ記事、ニセ伝記、三文小説のせいである。おい、なに笑ってやがる。ぶっ殺すぞ。

銃撃戦は激しかったが、コルトやウィンチェスターの拳銃弾では、マクスウィーン家の煉瓦と石の壁を容易に射ち抜けない。こちらも同じで、死人どころか負傷者も出ない。

「素人は引っ込んでろ」

と誰かに言われ、おれは憤然と部屋へ戻った。まあ、あまり深入りして、終戦処理で重罪でも食ったら莫迦らしい。

「わっ!?」

シノビがベッドに横たわっているじゃないか。何してる？　どこにいたかと訊くと、

「助けを呼んで来た」

と言う。

「何ィ？」

おれが眼を三角にしても、動じる風などなく、内と外の銃声も聞こえているようには見えない。

「何をこそこそ裏工作を――」

さらに訊き質そうとした時、通りの方から、途方もなくでかい声が、

「おおい、聞こえるかあ？」

まぎれもない峨乱坊の声である。

耳を澄ませた。マクスウィーンの応答はない。

「聞けい。拙僧は寝返って、マーフィー・アンド・ドラン一派に加わった。現在の膠着《こうちゃく》戦は時間と金と弾丸の浪費である。ついては、双方代表を立てて、その勝敗により、この不毛の戦いに幕を引きたいと考える。どうだ？」

正直、おれは面白い、と思った。このまま籠城を続けても、所詮は消耗戦でこちらが負ける。なら、被害の少ない今のうちに片をつけるべきだ。しかも、向こうが言い出した以上、こちらに有利な条件を呑ませられるかも知れない。

「そっちの条件は？」

マクスウィーンの声だ。おれと同じ考えらしい。

「よおし。聞け」

峨乱坊の声が愉しげになった。安堵も含んでいる。案外、まともな男なのかも知れない。

3

寝返り坊主の条件とはこうだった。

双方から代表選手三名を選び出して、マクスウィーンに勝ち星が多ければ、今後一切、マーフィーとドランは彼のやることにちょっかいを出さない。また、反対の結果が出た場合は、マクスウィーン一派は店も事務所も畳み、リンカーン郡から退去する。

条件自体は予想通りだった。これまでの殺し合いからすれば、むしろ好条件といっていい。問題は選抜の三名だ。

こちらは簡単だった。真っ先にビリーが名乗りを上げ、

「たかがその辺の拳銃使いが三人、おれひとりで十分だ」

と言い張ったが、万が一のためとマクスウィーンがなだめたところへ、

「おれが」

とシノビが申し出た。安堵の空気が一同に流れた。何となくこの日本人が只者じゃないと感じていたらしい。ヘッ、おれなんざ、初対面の

時からわかってたぜ。

シノビはさらに言った。

「おれだけでいい。正直、ビリーもいらん。おれが勝ったら、二人の居場所を教えてもらおう」

「何だあ？　この日本人野郎《ジャップ》――ひとりでいい子になろうってのか？　なら、あいつらと決闘するまでもねえ。今ここで相手をしてやらあ」

ビリーは激高したが、全員に止められ、人数も後々のトラブルを考えてもうひとり加えられた。ラレドというビリーの片腕だ。

決闘の時間は今日の午後三時――あと三〇分少々だ――に決まった。少し早いが〝落日の決闘〟というやつだ。

すぐにおれはビリーの部屋を訪れた。

彼は小さな鏡の前に立って、早射ちの訓練に励んでいた。黙っていると、

「構わねえ。しゃべりなよ」

と言った。

「あいつら、正々堂々と射ち合いをすると思うか？」

脇に垂らしたビリーの右手がちら、と動くや、六連発は前方の仮想敵に不動の直線を引いていた。速い。おれの見たどんな早射ちよりも速い。

コルトをホルスターに戻して、

「一応、保安官がいるしな。町の連中も見てる。向こうも犠牲は出したくねえさ」

ここでにんまり笑った。

「おれは卑怯《ひきょう》な真似をしてくれた方がありがてえ。何人だって殺してやれるからな」

この戦いの原因とは言わないが、ここまで大

きくなったのは、このチビ助のせいではないか、とおれは思った。

「おれたちが勝ったとして、すんなり手を引くかな？」

「そんなわきゃねえさ」

ビリーは嘲笑った。

「だとしたら却ってありがてえ。大義名分付きであいつら皆殺しだ」

ふたたび右手が閃いて、銃口はおれを向いていた。

おれは溜め息をついて部屋を出た。

「マーフィーとドラン、その他の莫迦どもが。殺人鬼に大義名分を与えちまいやがって」

自然に口を衝いた。


決闘の場所は、町役場前の大通りだった。

町の連中は家や店の中に引き込もり、六人の決闘者《デュエリスト》だけが、二〇メートルばかりおいて対峙《たいじ》した。

マクスウィーンは止めたが、おれは構わず外へ出た。前にも書いたが、辺境の地といえども、おれがダイム・ノベルに記したような正々堂々たる決闘は、百にひとつも起こりはしないのだ。

それが眼の前で――しかも、三対三ときた。よく聞け。当事者はあのビリー・ザ・キッドと日本の忍者だぞ。これを眼の前で見ずにいたら、死んでも死にきれない。

向こうの三人を見て、おれの興奮は一層高まった。沸騰だ。

向かって左端のひとりは精悍な若いカウボー

イだ。真ん中のは、寝返り峨乱坊——三人目は何とビリーに会いたいと言っていた、あのノッポではないか！　こいつも寝返り——いやビリーの敵だったのか⁉　しかし、いつの間にリンカーンの町へ？

「よおく来た。尻尾を巻かなかったことは評価してやろう」

と糞坊主が喚いた。歩道にいたおれの横の窓ガラスが震えるほどの蛮声《ばんせい》である。

「では、決闘とやらを行う。お互い真っすぐ通りを進み、気の向いたところでぶっ放す。拙僧は飛び道具など使わんが、気にせず射って来い。誰も文句は言わん」

おれは坊主のゴタクを耳にする一方で、こちらの〝選手たち〟から眼を離さなかった。

驚きが心臓を鷲《わし》掴みしていた。

ビリーが——あの怖いもの知らずが、明らかに恐怖の表情を浮かべているではないか⁉

「よおし、行くぞ」

坊主の声とともに、向こうの選抜組はゆっくりとこちらへ歩き出した。同時にこちらも等速で歩を進める。

おれはビリーからノッポに眼を移した。初対面からの、のんびり顔は変わらぬが、さすがに厳しい雰囲気をまとっている。しかし、その中に、おれは奇妙な感情を見てとった。

距離——一〇メートル。

照りつける日射しが六つの影を地に灼きつけている。

七メートルで火線が躍った。

ビリーではなかった。

あのノッポの抜き射ちがビリーの左肩をかすめ、ほとんど同時にノッポもよろめいた。ビリーの抜き射ちもまた、ノッポの左肩を射ち抜いていたのだ。とどめを刺す、と思った。

途方もない事態が生じた。

ビリーが身を翻すや、近くの薬局の前につないであった馬に走り寄り、大急ぎで鞍にまたがるや、一気に走り出したのだ。敵前逃亡ではないか!?

だが、驚いている暇はなかった。別の光景も視界に収めていたのだ。

鉄と鋼《はがね》の打ち合う響きが鳴ったと思うや、峨乱坊の眼前でこちらと敵側のカウボーイが、ともに顔面を押さえてのけぞったのである。


「おれの鏢を、彼に打ち返したか——やる」

シノビの声に、坊主は哄笑を放った。

「わっはっは。おまえこそ、最初の一本を命中させよって。わしの棒より速いとは——名を聞いておこう」

「シノビだ」

峨乱坊の眼が光った。

「その名と今の鏢の手練——忍者だな」

「おまえも、な」

おれは度肝を抜かれた。このでかいのもとは？　アメリカへ来る日本人はみな忍者か!?

坊主はこう返した。

「いかにも。おれは風摩の忍び——峨乱八左衛《やざえ》門《もん》。明治の世に忍びとくれば、警察にしか職はない。ところが、政府の上の奴らはか弱い民から搾取《さくしゅ》することしか考えておらん。警察は当然その走狗《そうく》となり果てる。それが嫌で――ついでに惚れた女が海を渡ったこともあってやって来た。いや、日本より数倍面白い。良きも悪しきも本音で生きておるからな」

「風摩は江戸時代に滅びたと聞いたが」

「そこはそれ――蛇の道は蛇。ひっそりと伊賀、甲賀の端っこに加わり、永らえて来たわ」

峨乱坊は大笑し、右脇に鉄棒を立てて構えた。ナショナル・リーグの選手か、こいつは？

「しかし、祖父から自分の忍びたる素性《すじょう》を明らかにされ、戦国の忍び同士の戦さを聞かされて、今の世にそれは叶わぬかと、たぎる血の流し所も知らずにおったが、まさか、異国の地でその機会を得ようとはな。シノビとやら、伊賀流か、甲賀流か？」

「伊賀だ」

「良きかな良きかな。ほれ、青い眼の毛唐どもが、満貫の興味を注いでおるぞ。ひとつ胆をひしいでやろうではないか」

この寝返り坊主が、どっち側の人間なのか、おれは混乱した。定見というもののない餓鬼だ。

「では行くぞ。風摩〈微塵烈風《MIJIN REPPU》〉がな」

鉄棒が横にふられた――おお、アメリカ最初のプロ野球チーム〝シンシナティ・レッドストッキングス〟の名左翼手アンディ・レナードのスイングそのままではないか。

レナードは伝説的な強打者《スラッガー》である。そのスイングの凄まじさは空振りの風が投手の顔面を直撃すると言われた程だったという。

坊主のひと振りは、それどころではなかった。

通りを突如、暴風が突っ走った。

歩道の屋根を支える支柱が片端からへし折られていくのは、リズミカルな眺めだった。

だが。

おれは一も二もなく宙を飛び、幸い開きっ放しだった床屋のドアにぶつかって、ドアごと床に倒れた。

見よ。支柱が屋根が窓ガラスが、ごおごおとシノビに襲いかかっていく。いや、つながれた馬や馬車までが。忍法「ＭＩＪＩＮ　ＲＥＰＰＵ」？　いや、忍法〈暴風雨《HURRICANE》〉だ。巻きこまれたが最後、四肢はもぎ取られ、顔も胴もズタズタかペシャンコに違いない。

風が熄んだ。シノビのいたところは、大地に突き刺さった材木、うず高く重なった板壁や馬車や馬の山だ。その下から五指を開いて突き出た生腕をおれは確認した。シノビの腕だ。

「不憫ながら、生命は貰った。しかし、どことなく不気味ではあったが、存外他愛なく逝きよった」

かたわらで呆然たる二人の仲間の方を見ようともせず、峨乱坊は腕の方へ近づいていき、その手首を掴んだ。

「さあ、出て来い。顔だけは確かめんとな」

勝ち誇った声が、うお、と呻くまで、おれにも何が起きたのか不明だった。かっと見開いた眼が、恐怖の光を浴びせているのは、シノビの手ではなく、二〇センチにも足りぬ木彫りの人形であった。

「これは伊賀忍法〈幻菩薩《MABOROSI BOSATU》〉。――おのれ、たばかったな」

愕然と叫んだ時、ぼんのくぼあたりを押さえて、峨乱坊はうむと呻いた。戻した手には、血にまみれた鏢が握られていた。

おれにも坊主にも、その木像がシノビに見えたのか。だが、三対三で峨乱坊の前に立ったシノビは、まぎれもなく本物だった。いつ変わった？

そして――

よろめき、四方を見廻す峨乱坊の眼が、その背後で止まった。地上一〇メートルの空中で。シノビはそこにいた。

綱《つな》渡りのロープなど無論ない。だが、おれは驚かなかった。野郎、また髪の毛を使ったな。

「深く刺せば、お前は死んでいた――勝負あったな、峨乱坊。約束通り――」

「承知」

臨終の患者のように言い放ち、坊主はしかし、ひと声張り上げた。

「マーフィー、ドラン、拙僧の負けじゃ。引き上げてくれ」

応じたのは銃声だった。

峨乱坊の巨体が二度痙攣し、彼は地響きを上げて倒れた。

保安官事務所の中からだ。マーフィーの奴め、最初から約束を守るつもりはなかったのだ。

耳は銃声で埋まった。耳もとを一発かすめ、おれは大慌てで、床屋に飛び込んだ。

シノビはいない。なんてフットワークだ。

「火事だ」

誰かが叫び、おれは窓から通りの両側を見た。

マクスウィーンの家から黒煙が上がっている。

第六章　アラモの砦

1

まず黒人の下女と召使たちが逃げ出した。それからマクスウィーン夫人。お霧はいなかった。

続いてマクスウィーンが現れた。

両手を上げて何か叫んだところで、一斉射撃が襲った。血の霧に全身を囲まれて彼は倒れた。

殺人鬼どもの前へ。

奴らの狙いがノコノコ現れたのだ。こうなるに決まっている。


こちらも応戦し、家の外へ出ていた何人かの男たちが跪《うずくま》った。

ビリーがいない。

「敗け戦さかな」

溜め息をついた時、通りの奥から鉄蹄の轟きが押し寄せて来た。カウボーイたちだった。マーフィー・ドラン派の連中が、たちまち射ち倒されていく。

一〇秒とかからず、敵は尻尾を巻いた。

恰幅のいい大男が現れ、馬上から、マクスウィーンの家に向かって、

「おれはジョン・チザムだ。敵は逃げたぞ」

と叫んだ。記憶が蘇った。

「〝助け〟って、彼か」

「そうだ」

すぐ横でこうきたから、おれは度肝を抜かれた。

「いつの間に？」

答えもせず、シノビは、

「これで終結だ」

と言った。

「少し遅かったがな」

マクスウィーンのことだろう。チザムが彼の家の前で、ジャドスンたちと話し合っている。

ジャドスンがおれを見つけて、紹介した。チザムは笑顔になって、

「君の仲間の日本人から話を聞いて駆けつけたよ。残念だ」

「これから――どうなります？」

「タンストールもマクスウィーンも死んだ。マーフィーたちにとって、当面の敵はいなくなったわけだ。奴らがおれの牧場の牛を盗んでいた証拠もない。勝手なようだが、おれはさしたる痛手を蒙っていない。退《ひ》けどきだと思う」

おれは黙ってうなずいた。

ジャドスンが後ろのカウボーイたちを見廻した。

「おれたちも、ほとぼりが冷めるまで旅に出ます」

「おれのところへ来い。マーフィーやドランに手は出させせん」

チザムが力強く言った。大牧場主の貫禄《かんろく》がこもっている。

「助かります」

破顔するジャドスンへうなずいてから、おれ

に向き直って、

「あんたと日本人たちもどうだね？」

「いや、おれたちは――」

「テキサスへ行きますよね」

かたわらで、別世界の声がした。お霧がおれを見つめていた。悪戯《いたずら》っぽい笑みが頬のあたりに刻まれている。

おれはシノビを――いない。

「大丈夫。必ず来ます」

この言葉遣いはその壱か。

「なぜ、わかる？　あいつは風と同じだ。どこへ向かうか、誰にもわからない」

「マクスウィーンさんから言伝《ことづ》てを頼まれました。彼が捜している二人の居場所です。座頭坊はテキサスにいます。もうひとり、呪万寺玄斉はワシントンらしいとのことです」

おれは辺りを見廻した。射ち合いの名残りがなお残る空気のどこにも彼はいなかったが、今のお霧の言葉を必ず聞いている、とおれは確信した。

「どうなさいますか？」

「行くとも。地の果てまでな」

「私もご一緒させて下さい」

おれは大きくうなずいた。

男ひとりの旅は砂漠だが、この娘と一緒ならエデンの花園だ。

それから後のことを少し書いておこう。

おれたちの参加したリンカーン郡の戦いは、〈リンカーン戦争〉と呼ばれて、西部開拓史上に残った。

敵前逃亡という意外な変節ぶりを見せたビリーは、歴史小説〈ベン・ハー〉で有名になるニューメキシコ州知事リュウ・ウォーレスと会見、恩赦《おんしゃ》を条件に出頭するが、これは守られることなく、逃走と逮捕を繰り返し、ついに一八八一年七月一三日の深更、ニューメキシコ州フォート・サムナーの農家で、友人パット・ギャレットに射殺された。享年二一歳。手にかけた人数は七人とも八人ともいわれるが、正確なところは不明だ。

後におれが、パット・ギャレットと当夜同行した二人の保安官助手――チップ・マッキニーとジョン・W・ポウに取材したところによると、もうひとり、ノッポの男が助手としてギャレットに雇われ、農家の主人＝ピート・マクスウェルの寝室まで同行した。ギャレットが就寝中のピートを起こして、ビリーの居場所を質しているところへ、助手たちに気がついたビリーが入って来た。

このとき、同行のノッポがビリーに声をかけ、ビリーが少し置いて、驚いたように、ある言葉を発した。

ビリーは拳銃をノッポに向けたが、先に狙いをつけていたノッポの方が早かった。一発でビリーは頭を射ち抜かれた。ギャレットが死体を調べていると、ノッポは、後は任せますと告げて出て行った。それきり姿を見た者はいない。ビリーが彼に放った言葉を、ギャレットは誰にも言わなかった。彼は〈ニューメキシコの恐怖〉

を斃した功で、大統領セオドア・ルーズベルトからエルパソの収入役に抜擢されたのを始め、テキサス・レンジャースの大尉、ドナアナ郡の保安官を歴任、最後は牧場主に収まったが、一九〇八年、その賃貸をめぐって隣人に射殺された。こと切れる寸前、奇妙な言葉を口にしたという噂がある。

「兄貴《MY BROTHER》」

だった。

ビリー・ザ・キッドには、母が亡くなるまで共に暮らした兄がいた。ノッポで、小柄な彼がいつも見上げていたという。

その晩、おれは午後の戦いをまとめた。

——マクスウィーンの自宅兼事務所は鉄壁の要塞であった。戸口という戸口、窓という窓にはウィンチェスターとシャープス・ライフルが三挺ずつ用意され、弾丸が大きなブリキの箱を埋めていた。

「表は煉瓦《れんが》だが、内側は一インチの鉄板が入っている。ライフルの弾など絶対に通らんよ」

マクスウィーンの自慢ももっともだ。

昼前にそこへ入るや、なんと一〇〇人近い無法者どもが現れて周囲を取り囲んだ。どいつも重武装をし、なんと最新式のガトリング砲を一〇門も備えているといえば、読者は驚かれるだろうか。マクスウィーンは、どうしたらいいかと私に相談を持ちかけ、私はまず話し合いでの解決を勧めた。

ところが、何たる非道か、無法者どもは、マクスウィーンの声が届いた途端、攻撃に移ったのだ。リンカーン郡に保安官事務所はあっても、法などなかった。

通りも町も拳銃とライフル、ガトリング砲の轟きで満ちた。屋内の市民は床に伏せ、耳を塞いで泣き叫んだ。

この暴力事態においても、マクスウィーンは話し合いをと、絶叫していたが、使用人が一〇人程射ち倒されると、ついに激怒に至り、奥の部屋からとんでもないものを取り出した。

軍隊で使う二ポンド砲である。

良識ある私は驚き、使用を差し止めようと説得を試みたが、怒り心頭のマクスウィーンには聞く耳もなく、牧童たちに命じて火薬と弾丸を装填——正面のドアを開けると同時に、一発ぶっ放したのである。

砲弾は見事、通りの奥にある保安官事務所と、そこに集まった無法者集団に命中、木っ端微塵に吹き飛ばしてしまった。

これで勢いづかない方がおかしい。争いを好まぬ私が止めるのも聞かず、マクスウィーンは二発、三発と発射し、たちまち通りの無法者どもを壊滅させてしまったのである。暴力はいかん。私は断固として否定する。しかし、正義に危機が及ぶ時、その行使がやむを得んという一例がここにあった。路上に転がる無法者どもの手足やガトリング砲の破片を見ながら、私は爽快さと限りない悲しみをともに感じていた。

これは敵わぬと見た敵は、ついに新たな行動に出た。双方一〇人ずつの代表選手を選んで射ち合い、その結果をもって勝敗を決めようと言い出したのである。

マクスウィーンは一発で応じた。戦いを望まぬ私は一〇人という人数に恐れをなし、せめて一対一と説得したのだが、マクスウィーンは、意外な内容を口にした。

「ひとりでいいとも。こちらはシノビに任せよう」

何てことをと、私は食ってかかった。いくら彼が、想像もつかない忍法の使い手とはいえ、一〇挺の拳銃を相手に勝てる道理がない。

マクスウィーンはこれを無視し、牧童どもに命じて私を軟禁したのである。私はシノビに行くなと叫んだ。

だが、読者よ。彼の返事はどうであったのか。

私はここで百万遍も強調しておきたい。神も止めはなさるまい。声を大にして叫ぶ。全アメリカの読者よ、決して日本人を侮《あなど》ってはならない。彼らは自らの利益獲得しか考えない中国人とは違う。多くの者の生死が自分に託された時、雄々しき獅子の精神《こころ》を発動させるのだ。マクスウィーンの理不尽なる要求に、彼は眉ひとすじ動かさず、こう答えたのである。

「承知しました」

と。ああ、何たる勇気、何たる義侠《ぎきょう》、私は断言する。これまで会ったいかなる英雄たち——ビル・ヒコック、W・アープ、バット・マスターソン、アームストロング・カスター、ビル・コディらの誰ひとり、この日本人ひとりに及ばぬ、と。

午後三時——彼はひとり、背にした小刀ひと振り以外は寸鉄も帯びず外へ出た。

人通りも絶えた通りには、熱い風ばかりが砂塵を巻き上げ、一〇人の敵は腰の六連発を手にかけ、ウィンチェスターを構えて、こちらへ歩を進めて来た。

これほど卑劣な対決が世にあるだろうか。一〇人対ひとり、拳銃対刀。戦いの当事者たちよ、恥を知るならば、自ら喉を裂くがよい。そしてあの世から、雄々しき日本人に万雷の拍手を送るがよい。

勇気ある私は、飛び交う予定の弾丸も恐れず、ただひとり歩道に出てシノビを観察していたが、その黄色の顔には恐怖の翳《かげ》も浮かんでいなかった。

両者の距離が一〇メートルまで近づいた時、敵はコルトを抜いた。

続けざまの銃声がシノビを貫き、彼はどっと地に——倒れはしなかった。

彼の手には、いつの間にか黒い鉄の棒が握られていた。先に行くほど太くなるそれは、鋭い棘《とげ》を何十本も露出させていたが、人間の手に負える品だとは、どうしても見えなかった。

だが、読者よ、一〇人の放つ弾丸は、すべてこの棒が打ち落としてのけたのだ。一〇〇キロもありそうな鉄の棒は風を巻いて走り、赤い火花の尾を引いて、弾丸は地面にめりこんだ。

信じられん——この思いから脱け出すより早

く、シノビは鉄棒を振り上げた。

「忍法〈ニューオーリンズ・暴風《タイフーン》〉」

声と同時に、鉄棒は振り下ろされた。その名の通り風を巻いて。

読者よ。信じろ、いや信ぜずともよい。私は見たものを忠実に一グラムの粉飾《ふんしょく》もなくここに再現する。

鉄棒のひと振りが起こした風は、東洋の魔術の名にふさわしく、暴風と化して一〇人を襲ったのだ。身を隠す暇もなく、彼らは空中に吸い上げられ、おお、その高さは一〇〇メートルを超した。そして真っ逆さまに大地へ激突して、動かなくなった。

この後、マーフィー＝ドラン派はリンカーンの町を去り、マクスウィーンは正義の名の下に勝利宣言を行ったのは、記すまでもない。夜はパーティと相成った。だが、最高の殊勲《しゅくん》者たるシノビの姿はそこになかった。

生まれ故郷の古《いにしえ》の礼儀に則って、彼は傲《おご》ることもなく、新たな目的地へと立ち去ったのである。

ただひとりの友――友情厚き私とともに。

2

サンアントニオまでの行程を、おれたちはサザン・パシフィック鉄道でこなすことに決めた。カリフォルニア州サンフランシスコからロサンゼルス、アリゾナ州ツーソン、ニューメキシコを経て、テキサス州ペコス川でガルベストン・ハリスバーグ・アンド・サンアントニオ鉄道に乗り入れ、ルイジアナのニューオーリンズに到るこの鉄道に、おれたちはデミングの町で乗り込んだ。

三〇分も遅れて到着した車輛には、二〇人近い客が乗っていた。でかい鞄を膝に抱えた商人ども、着飾った商売女、それを冷たい眼でみている堅気の夫婦連れｅｔｃｅｔｃ。おれたちが腰を下ろした四人掛けの席の隣は、二人連れの紳士風だった。どちらも端整《たんせい》な顔立ちで、辺境の男らしく険しい顔つきの中に、拭えない優雅さを備えていた。これは育ちから来るものだ。南部の上流階級に生まれ、南北戦争で酷い目に遭った、というところだろう。

旅程は三日。食事や給水は中途の駅で行い、昼夜兼行《ちゅうやけんこう》で走る。眠りは席で取るしかない。それでも駅馬車の旅よりは遥かに快適で、おれは窓外の広大な風景に見惚れた。

辺境の大平原や森の深さ、広大さは、何度見ても驚嘆《きょうたん》に値する。鉄道開通当初は、数千頭の野牛《バッファロー》が線路を横切るため、機関車は何度も急停車を余儀なくされたのだ。

銀行と鉄道は、南部の人間にとって憎むべき北部の象徴である。前者は高金利で農民に金を貸し、返せないとなると、容赦なく土地を取り立てたし、後者は南部の人々の土地を、公権力をもって只同然の値で奪い取った。南北戦争が終わって二十数年——今なお両者を襲うジェームス兄弟を讃え、ギャング団を庇うのはこのためだ。この列車だっていつ襲撃されてもおかしくない。

　窓外の風景に眼もくれず、ピンセットくらいの小さなナイフで二〇センチほどの木の塊を削っているシノビに、おれはずっと気になっていることを話しかけた。

「峨乱坊の死体は見つからなかったな。生きていると思うか？」

「わからん」

「追って来るかな？」

「わからん」

　こう素っ気ないと、話の接《つ》ぎ穂《ほ》に困る。

「――何を彫っている？」

「忍びの道具だ」

「ひょっとして、おまえの死体に化けた人形か？」

「そうだ」

　彫り上げれば、シノビの分身が出来るというわけか。

「どう見ても只の人形だ。どうして、おまえに見える？」

「おれの気配を移すだけだ」

「どうやって？」

「彫りながら念じる」

「忍者も、その辺のインチキ魔法使いと同じか？　祈れば死体も蘇る？」

「あのとき、何を見た？」

　おれは、ぐうの音も出なかった。

「〝念〟にも色々ある。それにこの人形の彫り方が加わって、使用に耐える品が出来るのだ」

話している間に人形は形を整えつつあった。さして切れ味がいいとも見えぬ細い刃《は》も、シノビの手にかかると、チーズでも削るみたいに木を裂き、人像の形を取っていくのだった。彫り方と言われても、変わった風には見えなかったから、おれにも彫らせろと要求したら、あっさり手渡しおった。そこで試してみたら、とんでもないことに、木は石みたいに堅いし、刃の切れ味は悪い――いや、並に切れるのだが、この木にはろくすっぽ歯が立たないのだ。

一分もしないうちに、手首の痛みに耐えられなくなって、

「ふん、ロクに切れんな」

こう言って、おれは降参した。


「力じゃないのよ、わかる?」

耳元で艶やかな声がした。お霧だった。例によって別人のような色っぽい笑顔とあの衣裳。その弐だな。壱はシノビの隣で寝てやがる。

「おまえ――その弐か?」

「やあね。あの糞坊主と同じ呼び方しないでよ。そこの娘がお霧なら、あたしもお霧と呼んで。二人いっしょには出て来られないんだから」

にやにやとおれたちを見比べて、

「あの坊主の話、してたでしょ。あいつは今、徒歩でサンアントニオを目指してるわ」

「徒歩で?」

「あれでも忍びよ。馬に乗るより早いわ。どうして急いでるかわかる?」

「いや」

おれと――シノビも手を止めて妖艶な顔を見つめた。

「あいつね、約束が違うって、マーフィーとドランを鉄棒で殴りつぶしちゃったの。即死だったわ。首の無い死体って、あたしだーい好き。それが二つも、あるのよ」

さすがに、シノビも少しは辟易《へきえき》したらしく、

「消えたらどうだ？」

と提案した。

「よしてよ。せっかく自由時間が来たのに。そんな眼で見ないで。どっちかいうと、あなたも同類でしょ」

「違う」

シノビはにべもなく宣言した。

「あの坊主――粗暴なとこはあるが、むやみに二人を殺《あや》めるとは思えん。けしかけた奴がいる」

お霧はそっぽを向いて、

「ああら、あたしのことかしら。くく、ちょっと煽《あお》ってやっただけ」

「あれは忍者だ。それくらいで我を忘れるはずがない。マーフィーとドランをたきつけたな？」

「――坊主が怒って、あんたたちを狙ってる、とね。でも、怒っていたのは確かよ。何たって、いきなり仲間に射たれたんですから。しかも後ろから」

「それだけではあるまい？」

シノビの眼光がお霧を貫いた。

「あーら、怖い眼。でも痺れるよ。何でもしゃべっちゃお。マーフィーとドランが、あたしにちょっかいを出したと煽ったのさ。一発で引っ

かかった」

シノビの表情が変わった。

「やだ。怖い〜」

お霧は通路を後退し、ちょうど、隣の車輛からやって来た四人組の先頭にすがりついた。

「おい」

おれは思わず立ち上がった。四人組の垢じみたよれよれの服装や顔つきが、どうしてもまともには見えなかったからだ。

抱きつかれた男の顔から好色がしたたり落ちた。

「どうしたい、中国のお姐ちゃん？」

この程度の連中が、日本人を知っているとは思えない。

「残念、日本人よ」

言うなり、お霧は無精髭《ぶしょうひげ》だらけの頬にキスを――いや、ぺろりとひと舐めしやがった。

どんな男でも、次にやるべきことは、これで決まる。

「おい、日本人《ジャップ》、こんな可愛い姐ちゃんを嬲《なぶ》るてな、どういう了見だ？」

四人組はおれたちの席の横に来て、凄味をきかせた。腰の六連発を抜くほど剣呑《けんのん》な雰囲気ではないが、暴力沙汰を起こす気は十分だ。

「顔、貸せや」

「やめろ、彼はおれの連れだ」

おれの言葉に少し引いたようだが、男は無視した。

「この女は少しおかしいんだ。これを見ろ」

おれは眠りこけているお霧へ顎をしゃくった。

すでに気づいていた男たちは顔を見合わせた。

「嘘よ。騙されないで」

お霧が男の耳もとでささやいた。男が震えた。耳たぶを噛まれたのだ。

いくら頭の足りないゴロツキでも、これはおかしいと思うはずだが、このひと噛みで、ただでさえ少ない理性が吹っとんでしまった。

「任しとけ」

喚くや、シノビの腕に手をかけたのだ。おれは胸の中で嘆息した。

「よせ」

腹の底から響くような声であった。男たちは振り向いた。

通路をはさんで向かいの席の二人が立ち上がって、男たちを見つめていた。


身体つきは変わらないが、溢れる迫力が違う。

「な、何だ、てめえら、口を出すな」

男の声には明白な怯えが貼りついていた。

「おれたちは静かに旅をしたいんだ。邪魔しないでもらおう」

眼鏡をかけたやや若い方が、男の眼をじっと見た。

男が眼を背《そむ》けると、二人目をねめつけた。四人全員が同じ目に合うまで五秒とかからなかった。大したもんだ。余程修羅場を踏んでるな、とおれは判断した。

男が短くケッと吐き捨てると、四人組は隣の車輛へと歩き出した。

「おや」

助けてくれた二人組の、口髭を生やした年かさの方が、通路の左右へ眼をやった。お霧その弐が消えていたのである。

「気にしないでくれ。おかしな女なんだ」

おれは二人と握手を交わした。

名前を告げると、二人は笑みをさらに深くした。

「名は聞いてる。大した作家だそうだな。あんたの筆にかかれば、ケチな悪党でも、西部一のガンマンに生まれ変わるそうだな」

眼鏡の方が、

「おれはトーマス・ハワード。こっちは兄のフランクだ。この列車を下りるまでよろしくな」

白い歯を見せた。フランクの方は、はにかむような笑みを見せたきりだが、おれにはこっちの方がまともに感じられた。

シノビに挨拶くらいさせようと思ったが、黙々と素人彫刻を続けている。不満そうなトーマスの肩をフランクが叩いて、兄弟は席に戻った。

おれは小声《こごえ》で、

「おい、礼くらい言ったらどうだ？」

「借りは返す」

もっと低い声である。こういう態度が日本人の評判を落とすのに貢献しているのだ。いつ返す？　と訊きたいところだったが、おれの眼は眠りつづけるお霧の顔に吸いついた。

確かに美人だ。マクスウィーンが特別扱いした理由が良くわかる。

年甲斐もなく見つめてしまい、おれははっとした。

「その弐はどこにいる？」

「わからん」

簡潔明瞭な答えだ。

「あのゴロツキをでれでれにしたのを見ても、ただの色ぼけじゃないのはわかるだろう。片端から男を手玉に取るのはいいが、何か仕掛けようって気になったら、世界中の男が全部、おれたちの敵に廻るぞ」

「その通りだ」

「その通りじゃねえ。何とかしろ」

「起こしてみろ」

シノビは隣のお霧その壱へ顎をしゃくった。

「その手があったか」

両肩に手をかけてゆすったが、眼を醒まさない。シノビが彫刻の手を止めて、

「何をしても無駄だ」

「じゃあなぜ、起こせと言ったんだ？」

食ってかかると、

「その弐が出ている間は絶対に眼を醒まさない。――殺せ」

と言った。

「え？」

「射てば死ぬ。そうすればその弐も消えてしまう」

「おまえ――本気で……」

そのシノビは別人じゃないかという気がした。

「それしか手がなければ仕方があるまい。その弐は危険すぎる。誰にとっても、な」

おれは危険な男から眼を離し、お霧を見つめた。

窓の外は暮れつつあった。

3

異変が起こったのは、翌日の朝だった。小さな無人駅の給水塔から水を補給し、列車はふたたび平原を走り出した。この路線だけで一〇〇を超える駅があるが、ほとんどは無人だ。それでも固い二等車の座席を離れ、大草原の空気を吸い込んで背のびをすると、眠気も吹っとんだ。

じき、ペコス川を渡るというところで、彼方の森の中から、十数騎の人影が列車に殺到して来た。

強盗団に間違いない。この列車に金塊だの大金だのが積んであるという話は聞かないから、客たちの財布が目当てなのだろうが、セコい話だ。

事態に気づいた客たちが騒ぎ出し、車内は騒然となった。女性客は金切り声を上げた。男たちにも対策はないらしく、車掌を呼べ、と騒ぐばかりだ。例外は向かいのハワード兄弟とシノビとおれだけだ。お霧はまだ眠っている。

「騒ぐな。席へ戻れ」

凄味を効かせた声に、撃鉄を起こす音が重なった。

あの四人組だった。うち二人が隣の車輛へ走り出し、例の男ともうひとりが残った。

急に列車のスピードが落ちた。機関車に廻られたのだ。強盗団の馬はまだ追いついていない。

停車した列車の左側の昇降口から、バンダナで覆面をした男たちが、コルトを閃かせながら、乗り込んで来た。撃鉄を起こしていないのは、殺意がない証拠だ。

「ご苦労だったな」

と親玉らしい赤覆面が、男たちを労った。

「よく機関士が暴れなかったな」

「いい仲間が増えましてね」

男のひとりがにんまりした。おれの方を見ている。脳裏に色っぽい女の顔が弾けた。まさか。

親玉がコルトを向けて、

「さあ、みなさん、悪いが金目のものは、みんな頂戴するぜ。今、袋が廻る。そこへ入れるんだ。財布、指輪、首飾り、金縁の眼鏡もな。逆らったり、おかしな真似をしたら、手近のお仲間があの世へ旅立つ責任を取らなきゃならなくなるぜ」

親玉が顎をしゃくり、一緒に入って来た覆面が二人、大きな布袋を手に席を廻りはじめた。

あの男が急に残忍な表情を浮かべて、こちらへやって来た。目的はわかっている。

予想は外れた。男はハワード兄弟へ銃口を向けた。

「偉そうな口をきいた責任を取るつもりはあるだろうな、え？」

コルトを向けて凄んだところへ、親玉が急ぎ足でやって来た。慌てている。

兄弟を前にした途端、身体が緊張で固まった。

「——あんたたち……」

と言うまで三秒もかかった。

「知ってるのか?」

男が親玉と兄弟を見比べた。

「どうして、ここに? カンザスじゃねえのか?」

「骨休みさ」

とトーマスが応じた。こいつはおれをどうにも出来やしねえと、タカをくった声である。

フランクが、

「おれたちの財布も失敬するつもりか?」

笑いまで含んでいる。これは貫禄の差だ。

「とんでもねえ」

親玉は低く応えて、コルトの銃口をトーマスに向けた。口調からして心変わりだ。

「あんた方が、ノースフィールドでしくじったのは知っているよ。こんなところにいるのは、逃げ出してきたからだよな。戦争で負けて、銀行強盗でも、か。負け犬てのは、癖になるらしいな」

撃鉄が上がった。

「喜びな。最後に一万ドル稼がしてもらうよ。あんた方の死体をその筋へ持って行きゃ、当分酒盛りが出来るぜ。ありがとうよ」

本気か脅しかは一発でわかる。親玉はやる気だった。

おれの靴先を何かが転がって、通路を右へ折れた。

「あばよ、ジェー」

親玉の声は、そこで止まった。

「あばよ」

と誰かが応じたのだ。

そちら——通路の右側を向いた親玉と例の男は、仕切りのドアを背にして立つトーマス・ハワードを見た。

おれでさえ驚いたのだ。二人はその場に硬直した。

銃声が響いた。トーマスとフランクの抜き射ちだった。速い。

おれたちの方へ倒れる強盗たちを無視して、二人は通路へ出た。

反対側の仕切りドアの前にいた強盗どもが気づいて——愕然とした。引き金を引いても弾丸は出なかった。引き金か指かが銃に固定されていたのだ。ひとすじの髪の毛で。

たちまち全員が射殺され、別の車輛からとび出して来たやつらも後を追った。

兄弟は窓から馬上の連中も射ちまくった。反撃はあったが、一発も当たらなかった。

生き残りは馬首を翻して逃亡に移った。

「心配しなさんな、みなさん」

フランクが客席に声をかけ、

「機関士も車掌も無事だ。少し遅れても目的地には着く。おれたちはここで失礼するが　快適な旅を祈ってるぜ」

そして、品のいい兄弟は、強盗団が集めた戦利品を片っ端からポケットに詰め込みはじめたのだ。

ざわめきが客たちの間に広がったが、止めだてする声はなかった。

先にフランクが列車を下りた。外には射殺した強盗たちの馬が残っている。

トーマスが戻って来て、網棚の荷物を下ろして、おれとシノビに笑顔を見せた。今一〇人近く射ち殺した男にしては明るい笑みだった。こいつもおかしい。

「おれがいいた」

とトーマスはドアの方を見た。木彫りの人形が転がっている。

「あれかい？」

面白そうに訊いた。

「そうだ」

シノビが答えた。トーマスは満足そうにうなずいた。

「マクレディがおれを射つ前に、兄貴が三発は叩き込めた。だが、助けてもらったのは確かだ。奴らは阿呆だが、引き金も引けないような頓馬《とんま》じゃない。大した日本人だ。名前を教えてくれ」

「シノビ」

トーマスはウィンクして見せた。

「スッキリしてるな。日本人が好きになりそうだぜ、いい名前だ。フロンティア向きだな」

トーマスが昇降口のところまで行った時、おれの足下で男が動いた。コルトをトーマスに向けた。

男は引き金をひくことができなかった。トーマスの抜き射ちが頭を粉砕してのけたのだ。シノビの髪のせいではない。トーマスの抜き射ちが神速だったのだ。正直言って、ビリーといい勝負だ。

「最後にいいとこを見せられて嬉しいぜ――シノビよ、兄貴も入れて三人でその先生の小説に出ようや。売り出してもらうんだ」

トーマスの笑みが深くなった。

「おれの本名は、ジェシー。姓はジェームスだ。兄貴の名前は同じ――フランクだよ」

ここで低く笑うと、彼は列車から身を躍らせた。

窓外を走り去る兄と弟の騎馬を見送りながら、おれは何とか考えをまとめようとしたが、うまくいかなかった。

ジェシー・ジェームスとフランク・ジェームス。西部開拓史上に名高いこの犯罪兄弟は、南北戦争での敗北と、勝者たる北部人の傲《おご》り切った行動に激怒し、北部資本主義の象徴たる銀行や鉄道への襲撃を繰り返した。

従兄弟《いとこ》たるヤンガー兄弟も加わった強盗団は、その呼吸《いき》の合った犯行ぶりと、北部人たちへの憎悪に燃える南部人たちの庇護もあって、成功を重ねた。

彼らの出自たるミズーリ州は、地理的には北部だが、州民の四分の三は、南北戦争当時、南部からの移住民であった。しかも、北部でありながら、州自体は奴隷制を容認し、南部同盟支持派と北部連合派との争いが絶えなかった。

南部の敗北によって、北部支持派はたちまち、南部同盟派の粛清《しゅくせい》に乗り出した。まず、戦時中、南部同盟には一切参加しなかったという宣誓試験《テスト》を行い、これを拒否する者に対しては、公民権の剥奪、一切の公職に就くことを禁じた。

正規軍将兵の戦時中の民法、刑法上の犯罪行為には特赦《とくしゃ》がつけられても、ゲリラのような不正規軍将兵にはすべて却下され、罪が発覚した者は、ミズーリ軍の将校によって裁判無しでの射殺が許可されたのである。

ジェシーの兄フランクは、このゲリラ隊のうち、暴虐性でひときわ名高いクァントレル・ゲリラ部隊のメンバーであり、ジェシーはその分派〝血染め《ブラディ》〟のビル・アンロースン隊に一七歳で参加したといわれている。この社会的環境を理解しない限り、ジェームス・ギャングの長期的な活動と成功の理由は掴めまい。

ちなみに、後にジェシーは、「西部の義賊《ロビン・フッド》」と持ち上げられる。代表的なエピソードは――、

銀行襲撃の帰途、さる農家に立ち寄った兄弟は、その女主人からささやかな晩餐でもてなされたが、彼女の哀しげな挙措《きょそ》に心を奪われ、事情を訊いたところ、銀行の借金のカタに、今日、この家と土地を奪《と》られてしまうと打ち明けられた。その銀行とは、今日彼らが襲った正にその場所だった。兄弟は奪った金の中から借金プラス利息分を女主人に進呈して、その農家を去った――

というものだが、伝説の所以《ゆえん》はこれからで、女主人から借金を取り立て、意気揚々と帰路についた銀行家は、たちまち強盗に襲われ、その金を丸ごと強奪されてしまう。結局、ジェシーの懐は傷まず、女主人もハッピー、強欲な銀行家だけが地団駄を踏んだ。実に小気味よい物語だが、これはフィクション乃至《ないし》リジェンドだと

否定されてしまう。現実では、一八六九年にミズーリのギャティンという町の銀行を襲った時、素直に手を上げたシーツという会計係を無意味に射殺するなどの理不尽かつ狂気の行動も多く、支援者も動揺を隠せなくなっていき、やがて、ノースフィールドでの致命的な敗北を喫するのだ。

列車は強盗事件分だけ遅れて、午後遅くにラングトリーに着いた。治安関係者への報告も無事だった車掌の手で行われ、急遽、鉄道会社が雇った町民の護衛が乗り込んで来た。列車強盗の多さに辟易した鉄道会社は、必要に応じて主な駅に電報を送り、仕事にあぶれた男たちを動員するように手を打ったのだ。これは後の話だが、中途停車させた機関士は、どこからともなく現れた東洋人の娘の色香に迷い、気がついた時は、言われるままにブレーキをかけていたらしい。お霧その弐の犯行だ。

おれは、ちょうど眼を醒ましたお霧その壱に、自力で分身を殺すことは出来ないのかと尋ねたが、起きてさえいれば出現することもないが、眠くなったらもういけない。一度こっくりしただけで、もう自然に目醒めるまで手の打ちようがない。その代わり、起きている間は、絶対に現れないという。つまり、その壱が不眠症にでもなれば、その弐の出現は死ぬまで抑えられるわけだ。

それから、目的地のサンアントニオへ着くまで、お霧の分身とは遭遇せずじまいだった。

サンアントニオ――一七一八年、スペイン人宣教師アントニオ・デ・オリバレスが入植したこの町は、何よりもメキシコからの独立戦争時におけるアラモ砦の玉砕戦で名高い。後にメキシコ軍を破った際の合言葉「アラモを忘れるな《リメンバー・ジ・アラモ》」は、アメリカの戦意高揚句になって、「真珠湾を忘れるな《リメンバー・パール・ハーバー》」に至る。いつの話だ？　余計なお世話だ、誰だ、おまえ？

　昼過ぎの駅頭に立つと、風が牛の匂いを運んで来た。鉄道が通じたおかげで、ここもウィチタやダッジに劣らぬテキサス牛の積み出し地点となり、繁栄を約束されているのだった。

　まずホテルへ向かった。

　奴隷制の総本山テキサスである。中国人はNO。おれがいくら交渉しても、これは動かない。

　おれは一計を案じた。

「この二人はおれの召使だ。文句があるか？」

「左様で」

　フロント係は破顔した。

「ならば結構です。女性用にひと部屋お取りしましょう」

「もうひとりだ」

「は？」

　きょとんとするフロント係を、とぼけるなと怒鳴りつけたくなるのをこらえて、おれはシノビを振り返った。

　ありゃ、いない

「いつからいない？」

「最初から」

　フロント係は眉を寄せている。

「入って来たのはお二人だけです」

キイを貰ってから、お霧がこう訊いた。

「ミス・エクセレントの所在を教えて下さい」

フロント係の両眼がこぼれるかと思った。

「あの女に用事があるのか？」

声は虚ろである。

「評判が悪いのか？」

「いや、占いは当たるそうです。町のお偉方もアドバイスを貰ってます。この町に牛を受け入れることにしたのも、彼女の意見だと聞いてます」

「なら、なぜ青い顔をしてるんだ？　顔じゅう汗びっしょりだぞ」

「他のこともやってるんで」

「ほお、興味津々《しんしん》だな」

おれは一〇ドル紙幣をかたわらの伝票刺しに刺した。

フロント係はぎこちない手つきでそれを抜くと、眼にも止まらぬ速さでポケットに収めた。

そのとき、別の客が入って来て、フロント係は、

「後ほどメモをお届けいたします」

事務的な口調で言い渡した。

「忘れたり、白《しら》ばくれたりしたら、ミス・エクセレントに呪いをかけさせるぞ、パークス君」

名札を押さえるフロント係の顔色は紙の色であった。

第七章　忍法vs.呪法

1

シャワーを浴びたら眠ってしまい、起きたら夕暮れ時だった。

約束通り、ドアの隙間からメモが差し込まれていた。ホテルの便箋《びんせん》である。

ミス・エクセレントは優れた予言者《フォーチュン・テラー》ですが、呪いを駆使する魔女とも言われています。この町にやって来たのは四年ほど前です。当時、流れ者の占い師というだけで差別され、随分と迫害も受けたようです。ところが、彼女をそんな目に遭わせた農場主の畑だけが、収穫期に全滅し、牧場主の牛は、すべて雄雌が合体した異形のものと成り果てました。自分も眼にしましたが、三日間、吐き通しでした。しかし、まともな依頼なら、どんな結果だろうと正確無比な回答を出すため、議会の一部では彼女を利用しようとする声も高く、先程フロント前でお話したような付き合い方になりました。半年くらい前までは上手くやっていたのですが、以降しばしば町と周囲に異常事態が発生しはじめたのです。

異様な色彩の光が町の上空を走り、硫黄臭い雨が一〇日間も降り続きました。随分と以前の金曜日の夜には大地が震え、家からとび出した人々が全員、闇の彼方にそびえる巨大な影を目撃したそうです。その影の頭部からは二本の角が生えておりました。何よりの問題は、近隣のアパッチ族の子供たちが失踪し、その責任がミス・エクセレントにあると判断されたらしく、しばしば彼女の家のみならず、町にも火矢が射ち込まれたことでしょう。町の三分の一は焼失しましたが、彼女の家は無事でした。硫黄の雨が彼女のところにだけ降ったのです。いつか目撃された角を持った巨大な影と合わせて、ミス・エクセレントは悪魔を地獄から喚《よ》び出したと噂されるのもむべなるかな、であります。噂では、町の有力者が殺し屋を雇って彼女を襲わせたともいいますが、彼女に変わりないのを見るとしくじったのでしょう。実は一〇日前の真昼、八フィート（約二メートル四〇センチ）もある、骨と皮ばかりの大男が現れ、通行人を襲ったため、射殺されました。パラディン医師の検死の結果、それは一〇人近い人体の各部を継《つ》ぎ合わせたものので、悪魔が作り出したと考える他はなかったと、食事に来た医師と保安官の話を立ち聞きしました。ミス・エクセレントの手になる存在とは限りませんが、疑う町民はおりません。彼女の下《もと》へお出かけでしたら、十分にお気をつけて。彼女の神への祈りを欠かしてはなりません。住所は地図の通りです。

フロント係　P・バダム

読み終える前から、おれの胸は黒雲で満たされていた。今は雲が笑ってやがる。

夕飯はラウンジで摂った。客たちの視線がお霧に集中する。ジャップだの、イエロー・モンキーだのの陰口が飛んで来てもおかしくないのだが、耳に入るのは、ビューティフルやら、ジャパニーズ・ドールやら、オリエンタル・アフロディーテやらの賛辞ばかりだった。お霧の美しさと可憐さが、偏見をねじ伏せてしまったのだ。美人は得ということだ。

食事に取りかかると、お霧はすぐ、おれが気にしていることを口にした。

「シノビはどうしたのですか?」

「君もＮＩＮＪＡの娘だ。おれよりは、手の内が予測できるんじゃないのか?」

「私はあの人と同じではありません」

「あれは、ＮＩＮＪＡでも特別か?」

「はい」

はっきりした返事だった。

おそらく、差別的な視線に耐えられなくて――ではなく、面倒で、どこかの納屋か倉庫の屋根の上に移ったのだろうが、こうしょっちゅういなくなると不気味だ。サンフランシスコ辺りでは、ある組織に入っている中国人を不必要に痛めつけた白人が、いつの間にか姿を消していた、なんてのは当たり前だというし、その辺の事情は〈辺境〉とて変わりはないだろう。日本人と中国人の区別くらいはつけられるつもりだが、彼らが何をしでかすかとなると、おれたちの知識では見当もつかない。シノビと中国人の醸し出す不気味さは、同じ根から生えた紅い花なのであった。ほぼ一日で、忍者は何を成し遂げようとしているのか？

おれは話題を変えた。

「君の分身——その弐だが、あれは何を企んでいる？　行き当たりばったり、好き勝手のようにも見えるが、行動原理——というか、目的があるようにも感じられる」

お霧は眼を伏せた。

「わかりません」

「済まん済まん」

おれは大声で笑った。

「食事の最中に詰まらん話題をふってしまったな。忘れてくれ」

芯は強い娘らしく、お霧はステーキもサラダもきれいに平らげ、分厚いパンケーキも片づけた。コーヒーだけは苦手らしく、水を注文した。

すでに、隣室では博打《ばくち》が始まり、賑やかなバンド演奏とタップを踏む音、客たちの掛け声が聞こえてきた。ショーが始まったらしい。もう少ししたら、酒場ではこれに銃声が重なる。町は、牛の積み出しに押し寄せたカウボーイたちのものなのであった。

チップを置いて席を立とうとした時、玄関から男が入って来た。見覚えがある——どころじゃなかった。彼は真っすぐおれたちのところへ来て、お霧にまた会ったね、お嬢さん、と挨拶し、それから、元気そうだな、と来た。

「あんたもな、ドク。サンアントニオに用があるとは思わなかったぜ」

「この町の北二〇キロの鉱山《やま》で、金が見つかったのを知らんのか？　カウボーイどもは仕事を辞めて押しかけてる。じきここも、牛以外で賑わうことになるぜ。ところで、シノビはどうした？」

「ここへ着いた時から行方不明だ。何を企んでるのか、さっぱりわからん」

「神秘の国〈東洋《ジャパン》〉――その中でも中国と肩を並べる謎の国日本だ。何を考えてるか、おれたちには皆目わからんが、あれがあんたの仲間ならむしろ歓迎すべきだろう。あんた方に不利益を蒙《こうむ》らせるような真似はしない男だ」

「そりゃそうだが――」

続く言葉は、勢いよくドアを押し開けて入って来た保安官と二人の助手の手で永久に失われた。胸のバッジと――助手たちの両手にはショットガンだ。

シノビが何か、と思ったが、そうではなかった。

「前回、町へは来るなと言っておいたはずだぞ、ドク？」

保安官の声は敵意が剥き出しだった。

「確かに。だが、あれは正当防衛だと、あんたも巡回判事も認めたはずだが」

「それと警告とは別だ。明日の朝までに町を出ろ」

「狙い通り稼がせてもらったらな」

「おい」

「どう思う？」

いきなりドクにふられて、おれはたじろいだ。

勿論、答えは決まっている。おれたちはこれからサンアントニオで上手く立ち廻らなければならない。長いものには巻かれろ、だ。

「それはもちろん――いや、もちろん――」

ドクはおれを示して、

「こちらはネッド・バントライン――あんたも知ってるだろ？　ワイルド・ビルやバッファロー・ビルの生みの親だ」

驚いたことに、保安官の表情は、はっきりとおれを知っていると証言していた。次に何が来る？　二つにひとつ。憧憬《しょうけい》か――

保安官の顔に浮かんだのは、侮蔑《ぶべつ》だった。

おれは言った。

「面倒を起こさなければ、誰がどこにいようと構わんだろ。ドクにはここにいる権利がある。逮捕できるのは犯罪に手を染めた時だ。どうしてもと言うなら、今見た通りのことを書かせてもらうぞ。彼の名は？」

ドクが答えた。

「シーベリイ・ジャクソンだ。右がチャドウィック、左がライソン。有名にしてやれよ」

「いいとも」

おれはジャクソン保安官を見つめ、損なことはしないタイプと判断した。

保安官は唇を歪めた。

「バントラインさん、こんな疫病神《やくびょうがみ》に付き合っているとロクな目に遭わねえぞ」

助手たちに合図して、彼は歩き去った。

安堵の空気がラウンジにひろがった。みながおれたちを一瞥《いちべつ》し、そそくさと料理や同伴者に眼を移す。

「助かったぜ」

肩を叩こうとしたドクの手から、おれは身を遠去《ざ》けて、低く凄んだ。

「貴様、わざとワイルド・ビルとコディ（バッファロー・ビル）を持ち出したな」

西部人を活写したおれの小説が、面白さ抜群だがやりすぎ、でっち上げだとの非難は、莫大な投書となって出版社の床に積まれている。なぜおれの家にないのかというと、その内容に黄金の心臓《ハート》を傷つけられたおれが、持って来るなと喚き散らし、——いや厳命したからだ。おれのことを知っていたジャクソンも投書の主と同じ偏見を持っているに違いない。ドクはそれを利用しやがったのだ。保安官の軽蔑が、おれの怒りを誘発するように。

「何をしに来たか知らんが、しっかりやれ」

また肩をポンとしようとしたが、おれはまた避け、お霧にうなずいて、レジの方へと向かった。

足はすぐ止まった。

戸口に三つの影が立っていた。

駅の構内にいた奴らだ。どの手も六連発まで二センチと離れていない。汽車ではなく、ドクを待っていたらしい。

「保安官は行っちまったぜ、ドク」

真ん中の赤シャツが、にんまりと笑った。左頬に深い刀傷《かたなきず》がある。

それを指さして
「この御礼をすると言ったのを忘れちゃいまい

な」

「手前勝手な野郎が多い晩だな」

ドクも、にんまりとした。

「――どちらさまでしたかね」

「てめえ」

赤シャツの呻きは、平穏に戻った空気をふたたび凍らせた。

「表へ出ろ」

「いいだろう」

うなずくドクの肩におれは手をかけて、止せと言った。

「いいってことよ。三対一だ――互角だぜ」

「しかし――」

おれは次の台詞を用意していなかった。

別の奴が代わってくれた。


「迎えに来たよ、ミスター・バントラインと日本のお嬢さん」

最初、三人組の誰かがしゃべったのかと思った。それにしては、婆さん声すぎる。

三人が振り向いて、戸口の向こうにも三人いることがわかった。

三人が横にのき、新たなトリオがラウンジ内へ入って来た。

ぼろぼろの布を何枚も引っかけたような彩りのドレスを着た老婆は、先住民と黒人の巨漢を従えていた。

背は先住民が二インチ（約五センチ）高いが、体格は黒人が圧倒的だ。

「あたしはミス・エクセレントだよ。後ろにいるのはスー族のグレイ・ホークと、もと北軍騎兵隊のバット・ミリガン曹長さ」

灰色の髪の上で、瑪瑙《めのう》らしい飾りが鈍いかがやきを放っていた。

2

おれは何とか考えをまとめようと試みた。人間の精神なんて他愛ないガラクタだ。慣れ親しんだ現実の中に、予想外の異物が侵入した途端、右も左も区別がつかなくなってしまう。

とりあえず、

「おれはネッド・バントライン、こっちは日本人のお霧だ。明日、あんたの所へ行くつもりだった」

「承知の上さ。だから迎えに来たんだよ。明日じゃ遅いんでね」

「どういう意味だ？」

「来りゃわかるよ」

世界が沈黙していることに、おれは気がついた。おれたちの声だけが虚しく響いている。ひどく孤独な気分だった。こういうところが上手く描写できると、作家商売も新たな局面が開けるのだが。くそ。

「あの、あたし――お霧って言います。お願いがあって来ました」

「わかってるって」

老婆は石のような声で言った。

「あたしの占いとあの女の密告でね。今朝方来たよ。もうひとりのあんたが」

「……そんな。で何と？」

「あんたをからかってると面白いから邪魔するなってさ」

「あいつ……」

お霧の声には、はっきり憎悪がこもっていた。

おれは間に入った。

「で——どうするつもりだ？」

「外で話そうじゃないの」

「いいだろう」

何となく不気味だったが、ここで弱みを見せるわけにはいかない。ミス・エクセレントに続いて戸口へ歩き出し、ようやくおれは例の三人を思い出した。

まだ突っ立ってやがる。しかも、闘《や》る気満々だ。このままじゃ、ドクが危《やば》い。

おれは先にお霧を行かせ、三人の横を抜ける時に、

「ゴロツキどもが」

と吐き捨てた。いきなり、ひとりに腕を掴まれた。

「何をする？」

わざと被害者らしい声を装った。

「何と言った？」

男が歯を剥いた。

「色男揃いだと」

「ふざけるな」

男が右手を振り上げた。

「助けてくれ」

おれは叫んだ。

おれの叫びに応じたミス・エクセレントが、二

人の従者に目配せした。

黒いのと鉛色は、大股でおれたちのところへやって来た。

「な、何だ、てめえら？」

肘を掴んだ男が、後退しながらコルトに手をかけた。他の二人もそれに倣う。

おれは素早く闘争の現場から身を離した。しかし、こうなると、喧嘩は派手な方がいい。

「射ってみろ」

遠くから三人組をあおった。

「ま、そんな度胸はねえだろうが」

男はとち狂った表情になるや、コルトを抜きざま引き金を引いた。無茶しやがる。いくら西部が番外地だと言っても、丸腰の相手に発砲し、殺しでもしたら、即逮捕か、お尋ね者だ。それすら理解できない莫迦か、恐怖に我を忘れたか、だ。

銃声がおれをすくませ、スー族グレイ・ホークの喉に小さな穴を開けた。

その穴から黒い液体が蛇みたいに飛んで、射手の顔面に飛沫をとばせた。そこを押さえるより、男は絶叫する方を選んだ。顔面を青い煙が包む。グレイ・ホークの血は酸だったのだ！　ラウンジで女の悲鳴が上がった。

男の顔面は肉を失い、血ばかりをしたたらせた。床で音を立てたのは——げっ、眼の玉だ。

これを見たら戦意喪失が普通だ。ところが、他の二人もコルトをぶっ放しやがった。二人の前に立ち塞がった黒人の胸に。

今度はイカれた血液は飛ばなかった。代わりに拳が飛んだ。ごごんと鳴った。二人はその場に崩れ落ちた。凄まじいパンチだった。おれはグローブなしのベア・ナックル時代からの世界チャンピオン＝ジョン・L・サリバンの試合を見た覚えがあるが、熊も斃すと言われたそのパンチより重く、遥かに速い。

「おいで」

二人はミス・エクセレントのかたわらに戻った。おれは走り寄って、黒人の耳元でささやいた。

「——あんた、おれと東部へ行こう。世界チャンピオンのサリバンを斃して、新しい王者になるんだ。あんたならやれる！　リングネームは〝石の拳《ストーン・ナックル》〟だ」

「あたしの召使に、おかしなことを吹き込まないでおくれ」

いきなり言われた。どんな耳してやがる⁉

婆《ばばあ》はさっさとホテルの玄関を出た。奇怪な召使もそれに従う。おれも、棒立ちのお霧を促して外へ出た。三人組とドクの運命は、すっかり忘却していた。向こうも何も言わなかったし、また何とかなるだろう。

「ただの予言者だと思ってたのに」

お霧が呻いた。

「やめるなら今だぞ」

とおれは忠告した。

「今なら引き返せる。あいつの家へ行ったりしたら、もうおしまいだ。そんな気がする」

お霧はすがるような眼差しをおれに向けた。

「——シノビさんはどこに？」

おれが訊きたいところだ。雇い主が危ないというのに、野郎何してやがる。

ホテルの前に黒い馬車が止まっていた。駅馬車なのには驚いた。ウェルス・ファーゴの払い下げを買い取ったのだろう。

グレイ・ホークがドアを開けた。黒人――バット・ミリガンは御者台にいる。おれたちが乗り込むや、馬車は車輪のきしみを熱い夜気に振り撒きながら走り出した。


何が起こるか気になったが、それよりもシノビ来てくれ、だ。ミス・エクセレントの妖術を破れるとしたら、彼のNINPOUしかない。

だが、彼は気配も示さず、一時間近く揺られて、おれたちは大きな丸太小屋に着いた。


内部は想像を絶していた。

魔法使いの小道具などひとつもない。手入れの行き届いた清潔な居間だ。時計などヨーロッパ製だった。

大きな丸テーブルの向こうに腰を下ろした途端、ミス・エクセレントはひどく疲れたように見えた。

ハンカチで汗を拭き拭き、

「あんたの望みは叶えてあげる」

とお霧に告げた。

「本当ですか!?」

思わず立ち上がったお霧へ、

「そうとも。ただし条件がある」

ほら、来やがった。

「――何でしょう」

お霧の声は弾んでいた。

「あんたの肋骨《ろっこつ》を一本貰いたい」

「え？」

「あたしも年齢には勝てない。最近は一歩行くたびに身体中の関節が悲鳴を上げるし、咳も出る。肺は焼けるようさ。透視術で調べてみたら、骨の歪みが原因とわかった。生まれつき、右の肋骨の二番目が曲がっていて、今頃あたしに絡み出したんだよ。ただし、入れ替えるのは簡単だけど、ならこの辺のゴロツキや町の連中で間に合うんだ。それなりの力を持った骨が要る。そしたら、占いに、近々その持ち主が海の向こうからやって来ると出たじゃないか。そこへあのおかしな女が現れて、あんたのことを色々聞かせてくれた。正直、あたしの寿命は今日明日までなのさ。矢も楯もたまらず、迎えに出たわけがわかっただろう？」

ミス・エクセレントは、ようやく笑顔になった。これが邪悪極まりない。お霧もおれも凍りついた。

「あの……本当に肋骨一本で？」

「ああ。消してやるとも。けど、骨を取る手術が必要だし、それが済んだらにしておくれ」

「いつまでだって待ってます。あいつが消えるなら」

お霧の怨みにあおられたように、ミス・エクセレントはテーブルに顔を伏せた。

居合わせた二人の召使が近づきもしないのに、おれは驚いた。お霧が駆け寄って、大丈夫ですか、と訊いた。

「ああ、何とかかね。でも、お迎えが早まった。もう時間がない。すぐにかかるよ」

「わかりました。どうすれば？」

「手術はあたしとこの二人がやる。あんたが三〇分も寝てる間に片づくさ」

死ぬ程の手術かよ。お霧も表情を変えた。

「安心おし。優秀な助手が揃ってるさ。おまえたち――始めるよ」

召使たちは、黙々と動き出した。

バット・ミリガンが奥のドアを開けた。おれは勿論、留守番だ。あまりにも意外な事態が意外なスピードで進むので、疑問を感じながらも放置するしかなかったが、ここに至って、不安が凝縮した。何せ、着いた当日に手術、それもいきなりだ。何をしゃべったらいいかはわからんが、ここはひとことかけるべきだろう。しかし、ミス・エクセレントがよろめき、お霧に支えられるのを見た瞬間、声は喉に貼りついてしまった。

二人の召使は何をしてやがる。こいつら、主人に言われたことしか出来ないのか？　まるで――

人形だ、と閃いた途端、あることに思い当たって、おれは背すじが凍りついてしまった。こいつら――出会った時から、一度もまばたきをしていないじゃないか⁉

待て、と叫んだのは頭の中だった。立ち上がったおれの前で、扉は重い響きとともに閉じられてしまった。後はソファに腰を下ろして待つしかなかった。

急速に眠りが襲って来た。

意識が暗黒に閉ざされ——すぐに戻った。

「はーい」

眼の前でお霧が片手を上げた。夢かと思った。

「あたしは麻酔で眠らされたよ」

とお霧その弐は言った。少し焦っているように思われた。

「肋骨一本なんて大嘘よ。あの女魔術師め、あたしの心臓を自分のにすり替えるつもりなんだ」

「何だと!?　嘘じゃないだろうな」

「肋骨一本であんな様が治るわけないだろ。あいつの心臓はもう止まりかけてる。生き延びるためにはどうしてもあたしの強い心臓が必要だったのさ」

嘘をついているとは思えなかった。

「あたしの心臓は魔術的に見て、五〇〇年にひとつのレアものらしいよ。世の中、百歳だの千歳だの、異常に長生きの人間や動物がいるだろ。ああいうのは、みんな、あたしみたいな心臓を持っているんだ。あたしを消すつもりで、あたしが殺されちゃあ世話はない。早いとこ何とかして」

「おまえが自分でやったらいいだろう?　おれの百倍は役に立つはずだ」

「三日前にここへ来た時、婆に魔法をかけられちゃったのよ」

お霧その弐は苦い顔になった。

「今のあたしはあいつに近づけない。その代わり、三日先まであった寿命を今日いっぱいに縮めてやったけどね。さ、早く手術を止めて。でないと、あたしもあたしもこの世から消されちゃうよ」

おれは決断した。

「よし。ここにいろ」

コルトを抜いて、ドアの前まで行った。いきなり向こうから開いた。

グレイ・ホークが立っていた。その無表情な顔より、振りかぶったトマホークがおれの眼を吸いつけた。

わっ!? と声が出たかどうかはわからない。分厚い鉄の刃は、真っ向からおれの頭頂部に叩きつけられたのだ。

灼熱の痛覚を脳内に感じ、おれはよろめいた。よろめきながら、上昇していく先住民を見た。トマホークを振り下ろした腕が白い手に押さえつけられている。もう片方の手はグレイ・ホークの腹に巻かれている。

天井に達すると、お霧は、

「早く行って。こいつはあたしが」

「よし!」

女に助けられて尻尾を巻くわけにはいかない。奥の部屋へとび込んだ。居間とは別世界のような——魔法使いの部屋であった。

床の魔方陣や壁を飾る戸棚の中のビーカーや薬瓶や古書の列。そしてビーカーの中で蠢く人とも生物ともつかないもの。

部屋の中央に木のベッドが置かれ、お霧が眠っている。魔女にかけられた麻酔が彼女の生命を救ったと気づかぬままに。剥き出しの左乳房に今メスを当てたミス・エクセレントへ、おれはコルトを突きつけて、やめろと叫んだ。

「おやまあ、どうしてわかったんだね？」

土気色の顔がおれを向き、かたわらの黒人にうなずいた。

来た。

3

「待て。覚えてるだろ？　おれはプロモーターだ。おまえの人生に灯を掲げてやれる。話を聞け」

言って聞かせながら、おれは後退した。ミリガンは黙って近づいて来る。その拳をどこに受けても即死だろう。

不意に黒人が大きく前に出た。眼の前に来た。わわ。

突然、彼は身を沈めた。頭上から落ちて来たスー族の巨体に押しつぶされたのだ。

おれはドアへと走った。

「玄関じゃない。奥のドアよ。腰抜け」

頭上から降りかかるお霧の罵倒も、恐怖に操られた足は止められなかった。

おれは外へ——

止まった。

ドアの向こうは手術室ではないか。

「魔術よ」

お霧が叫んだ。両足が鉄の杖と化した。いくら力を入れても動かない。

「何とかしろ！」

凄まじい力が背を押した。ミリガンだ。おれは頭から呪われた室内へダイブした。

ドアの閉じる音は、床に貼りついている間に聞いた。

夢中で起き上がった。メスを手にした魔法使いが、にやにやと見つめていた。

逆転の歓喜がおれを包んだ。右手のコルトは離れていなかったのだ。

撃鉄《ハンマー》を起こす音の甘美なことよ。

「動くな。手を上げろ。お霧を解放しろ」

一気にまくしたてたが、黒い笑みは変わらなかった。

「よく見ておいで。ミス・エクセレントの魔法《マジック》手術《オペレーション》がどんなものか」

メスはお霧の乳に当てられ、うお、ずぶりとめり込んだ。血は出なかった。

「やめろ！」

おれの声を銃声が四散させた。

ミス・エクセレントのこめかみに小さな穴が開いた。やった!?

ミス・エクセレントは振り向いた。一気に血の気が引いた。

「邪魔者め。役にも立たない心臓だけど、ついでに取ってやろう」

どうして、どいつもこいつも思わせぶりにゆっくり進んで来やがるんだ。鬱陶しい。しかも、メス付きで。おれの足は動かない。

万事窮す。

ミス・エクセレントがおれの眼前に来て立ち止まった。

「自分の心臓が取られるところを見られるなん

て、あんた果報者だよ!?」

魔法使いの狂気の声に、別の音が重なった。

背後のドアが――

と思った瞬間、メスを振り上げたままのミス・エクセレントの顔面が、柘榴《ざくろ》のように弾けた。

途端におれは四肢の自由を感じた。

シノビが近づいて女魔術師の脈を取り、瞳孔を調べた。

「間に合ったな」

と言った。

おれも胸を撫で下ろした。

「行くぞ」

シノビの声に、おお、叫んだ。こんな気味の悪いところは一刻も早くおさらばするに限る。

歩き出そうとするのを、シノビがお霧を指さした。

「連れて行け」

「何イ？　おまえの――」

「敵はまだ片づいていない」

「そうか、あの二人――」

「――は片づけた」

「？　じゃあ、問題はないだろ」

シノビはおれの背後に顎をしゃくってみせた。

眼が飛び出すかと思った。

ミス・エクセレントが立っていた。柘榴みたいに裂けた顔から胸にかけて血にまみれ、即死なのは明らかだ。確かにここは化け物屋敷かも知れない。

「い……生き返って……」

おれの声に、シノビは戸口まで後じさってドアを開けた。

遂に、おれはヒイと叫んだ。

グレイ・ホークとミリガン曹長が肩を並べていやがる。どちらの顔も、女主人と同じく無惨に裂けている。前門の虎、後門の狼とはこのことだ。二人は妙にギクシャクと――操り人形みたいな動きでおれの方へと向かって来た。ヒイ、と跳びのく。その眼の前を通って――何たることだ――二人は雇い主に、ミス・エクセレントに飛びかかったではないか。

ミス・エクセレントが跳躍した。二人の頭を越えて背後に降り立つや、右手をふった。いつの間に手にしたのか、大刃のボウイ＝ナイフが閃いた。

首が二つ跳んだ。二人は呆気なく倒れた。それこそ糸の切れた人形のように。

「もうよかろう。呪万寺玄斉」

と彼は女魔術師に呼びかけた。ああ、日本語だ。わからない。

「おまえの忍法――死者を甦らせるとは聞いていたが、それとは別にからくりを体内に入れて操る術も使うとは思わなんだ。サンアントニオの町民が見たという大男――あれを出せ」

ミス・エクセレントの表情が変わった。一瞬、上半分が滅茶苦茶の凄まじい笑顔になって、たちまち元に戻ったのだが、笑顔は男のものだった。

「一族でただひとり――〝シノビ〟の名を名乗ることを許された男。さすがだ」

声も男のものに変わった。

彼――か彼女――は、奥のドアに右手を招くようにふった。

ひと目見た時から、でかいなと感じた大扉であった。高さ七フィート(約二メートル一〇センチ)はある。重々しく開いた戸口から、巨大な男が身を屈めて入って来た。九フィート(約二メートル七〇センチ)は優にある巨人だ。町民が見つけた大男の死体ってのは、これか?

シノビの右手が躍った。

巨人は縦に裂け、ついでに腰のところで横に折れた。敵意さえ示せぬ瞬時の出来事は、四つの肉塊が床に散らばったところで終わった。だが、この硬い音は何事だ。

足下に転がってきたのは、鍛冶屋《かじ》が使う吹子《ふいご》に似た品だった。他にも噛み合った発条《ばね》や針金、歯車みたいなものが散らばっている。

「死体を縫い合わせ、これで動かしたのか。亜《あ》米利加《めりか》人の眼をくらませるなど、赤子の手を捻るようなものだったろうな」

「仰せの通りだ」

ミス・エクセレントは、ひとつだけ残った死者の眼で、シノビを見つめ、精気に溢れた声で言った。

「サンアントニオへ来る途中でこの女と会い、互いに技を教示し合って、今日まで生きて来た。魔法遣いとは言え、天の定めた寿命はどうしようもならん。それを何とかしようとしたのが――しかし、間違っていたとはいえまい。安らかに眠るがいい」

「その女の身体で、おれと闘《や》るのか?」

シノビは無感情に返した。ミス・エクセレントのことなど、最初《はな》からどうでも良かったに違いない。

「ああ、闘《や》るとも。忍法〈海翁《うみおきな》〉――おまえの技で破れるかどうか、試してみろ」

「眼を閉じろ」

シノビがおれに向かって叫んだ。慌てて閉じた。やや遅れて、暗黒の中に、重くて軟らかい塊が床にぶつかる音がした。ミス・エクセレントの身体に違いない。呪万寺玄斉が離れたのだ。するると、奴はどこへ？　すぐに、

「開けろ」

真正面にシノビが立っていた。奴の視線が痛い。

「おれには憑いてない！」

夢中で叫んだ。

シノビの視線はすぐ、床上のお霧その壱に落ちた。

「違う違う」

天井からお霧その弐の声が降って来た。

「あたしでもないわよ。あいつが憑いたのは――こいつよ！」

お霧その弐の右手から、黒いものが風を切って飛んだ。いつ奪ったのかシノビのマキビシ――それを打ち落としたのは、コルトの銃身だった。それはおれの手に握られていた。

シノビが跳躍した。

おれの背後に着地する寸前、空中からマキビシを射ち込む。わかっているとも。おれは垂直に跳んだ。お霧その弐が驚きの声を上げた。シ

ノビが着地したところを狙ってコルトの引き金を引いた。撃鉄は落ちなかった。ひとすじの髪の毛が、撃鉄とおれの手首をつないでいたのだ。さすがだ。

五メートルほどのところを走る梁《はり》に、小指一本をかけて跳び乗った。

見上げるシノビに――

「この三文作家の身体へ仕掛けられるか、シノビ？」

おれは勝ち誇って訊いた。忍法〈海翁〉――他人に取り憑いて、油断した相手の不意を衝く技だが、死人その他にも乗り移れる。女魔術師がいい例だ。おれの本体は取り憑いた場所の近くに隠してある。そして、言うまでもないが、〈海翁〉を極めた時、おれ自身の動きを憑依体に再現することも可能なのだ。

だが、今度は相手が悪かった。加えて、憑いたのがこの親父だ。おれそのものの動きはやはり難しい。ここは退《ひ》く手だ。

いきなり背後で笑い声が上がった。あの女だ。振り向いた拍子に熱い肉が抱きついてきた。重い乳房もくびれた腰も、たくましい太股も確かに感じた。

それなのに、とっ捕まえようと力を入れた腕の中には空気しか残らなかった。バランスを崩したおれは、成す術もなく床面に落下してしまった。

衝撃は捻った右肩で受け止め、首や頭は避けたつもりだが、一瞬の失神はどうしようもなかった。

眼を開くと、マキビシを構えたシノビが足の方に立ち、頭上ではお霧その弐がにやにや笑いを浮かべていた。

「待ってくれ。おれはバントラインだ！」

絶叫したのは、シノビの殺気が本物だったからだ。

「おれに憑いていた奴はもういない。本当だ。ほら、眼をみてくれ。嘘は言ってない！」

シノビの表情が和らいだ。お霧その弐もうなずく。

シノビが反転した。

その眼前を黄色い形が窓へ走った。暖炉の上に飾ってあったピューマの剥製《はくせい》だった。

ジャパニーズＮＩＮＪＡめ、動物の死骸にまで乗り移りやがったか⁉

シノビが窓辺に跳んだ——と見る間に外にいた。おれに向かって、

「家の中と周りを捜せ——呪万寺玄斉の身体が隠してあるはずだ」

「わ、わかった」

うなずいた眼の中に、シノビはもういなかった。

急に落下の痛みが全身を駆けめぐり、おれは床上に大の字を描いて苦鳴を放ちはじめた。

ケラケラと笑ったのは——お霧その弐だ。

「おまえ、いたのか？」

「そうよ。あんたの醜態、ホント、面白いんだもの。さあ、立って立って。捜しものでしょ」

この化け物女は、喉仏まで見せて笑いやがった。

第八章　アラモの闘い

1

おれはお霧その弐と邸内を隈《くま》なく調べ抜き、家の周囲の探索に移った。気がつくと、お霧その弐はいつの間にか消えており、おれは居間から持ち出した蝋燭の炎を頼りに家の周りを調べた。

しかし、蝋燭の炎などたかが知れている。藪《やぶ》の中へ入れば闇の中と同じだ。

シノビの追跡も気になるし、いい加減へばった頃、お霧その弐が現れた。

「お疲れ様。こっちに面白いものがあるわよ」

ヘロヘロの状態だが、この際モグラの意見でも従ったろう。

家の北側に柵と針金で囲われた小さな墓地があった。大小とり混ぜてかなりの数の十字架やら墓標が並んでいる。おれは十字を切ってから、粗末な板戸を開けて、中へ足を踏み入れた。

墓標だらけの奥に、掘り返したばかりと思しい黒土が広がっていた。ふむ、棺桶サイズだ。

どういう魂胆だ、とお霧その弐を睨んでから、おれはそばの地面に突き刺さっているスコップを持ち上げて、土をすくいはじめた。

二分としないうちに固いものに触れた。棺桶だ。おれは墓暴きか。だが、浅すぎる。これではたちまちピューマやコヨーテの餌だ。

「見破ったあ」

おれは英国の名優ヘンリー・アーヴィングの舞台のように絶叫し、棺桶の蓋を開けた。

小柄な東洋人――日本人は、狭い棺桶の中でも、さして窮屈そうになく眠りを貪っていた。

しかし、

「どうする?」

おれはお霧に訊いた。シノビとの関係を考えたら殺すのが最上だ。だが、無防備に眠っている姿は、おれに殺意を抱かせなかった。大体、中国人もそうだが、あちら系の顔は、おれたちより一〇歳は童顔だ。いきなりBANG! とはいかない。

「殺《や》っちゃえば」

思った通りの返事が返って来た。嬉しそうだ。はじめて、おれはお霧その式がもうひとりの自分に抱く殺意を理解した。

「莫迦者。そう簡単に――おまえの朋輩《ほうばい》だぞ」

「国が同じだけでしょ。あんただって、同国人の殺人犯を見たらぶち殺すじゃないの」

「殺しなんかせん。警察へ通報する」

「その間に、そいつがまた人を殺したらどうするつもりよ? あんたも共犯だわ」

「しかし――」

「何のために六連発ぶら下げてるんだか。早くしないと眼を醒ますかもよ。そうしたらあんた、何とか出来るの?」

「むむむ」

「ほら、ご覧なさい。愛用の六連発を使いたくなければ、そこに手頃な石があるわよ」

「うるさい」

おれは怒鳴ってコルトを抜いた。

それでも無抵抗の相手には射ちかねた。

「射て。射っちゃえ」

お霧が興奮しきった声で促した。つい、その気に――撃鉄を起こした。

頭上から何かが襲ってきたのは、その瞬間だった。

羽ばたきと鋭い痛みが右の肩に食いこみ、悲鳴を上げる間もなく、頭頂へと移った。

「あら、鷹よ」

お霧その式がのんびりした声で言った。

「普通は夜目《よめ》なんか利かないのに、変わってるわね」

「莫迦、何とかしろ」

おれは両手を振り回しながら叫んだ。おそらく玄斉とやらが、本体の護衛用に飼育したものだろう。ＮＩＮＪＡのことだ。夜も働く鳥をこしらえるなど、朝飯前に違いない。

羽ばたきが遠ざかり、しめたと思った刹那また襲いかかってくる。

「くたばれ」

一発射ち込んだ。やぶれかぶれだから当たるはずもない。遠ざかり――また来やがる。

頭と顔から生あたたかいものがしたたっていく。

「血が出てるわよ。しっかりイ」

明らかにお霧は面白がっている。いつかもうひとりと結託して片づけてくれる。

頭に固いものが刺さった。嘴《くちばし》だ。女の高笑いが脳裏に渦巻き、おれはよろめいた。

何かが足首を掴んだ。

お霧その弍が地に這っている。

おれはキレた。

コルトを女の顔に向けて――BANG！

「きゃあああ」

悲鳴を上げたのは、お霧その弍だったが、身悶えしたのは、棺桶の主だった。

その額に小さな射入口を認めた途端、彼は全身の力を抜いてこと切れた。同時に、おれの頭をつついていた鷹は夜空へ飛び去った。

「あらら、お上手。それとも下手くそ？　どっちにしても目的は果たしたわ」

三メートルも離れた十字架の上で、ケラケラ笑うお霧その弍を、おれは複雑な思いで見つめた。

この女を狙った弾丸が玄斉の本体に命中し、カッコをつけた。ついでに凶鳥も消えた。おれを救ったのは、こいつってことになるのか？

シノビもいくらかは戦いやすくなったかも知れない。

「ね、少しは感謝したら」

おれは答えず、上着のポケットからハンカチを取り出して、頬の血を拭った。胸まで血だらけだ。臭いが立ち昇ってくる。頭がひどく痛んだ。穴でも開いているかもしれない。

「ね、どーするの？」

「どうもこうもない。サンアントニオへ戻ろう。途中でシノビと出食わすかも知れん。おまえの本体もあることだ」

「失礼ね。本体はあたしかもよ。なーによ、あんな軟弱女」

「なら、もうひとりのおまえだ」

この女と会話するのも面倒なほど、おれは疲れ切っていた。

前庭に乗ってきた馬車がある、と思った途端、安堵で世界が真っ暗になった。失神だ。

気がつくと荷台で馬車に揺られていた。

御者台から、お霧その弍が振り返り、

「お目醒め？　あと五分でサンアントニオよ」

と言った。

早い。そんなにひっくり返っていたのか？

頭はずきずきしたが、ハンカチが当てられ、顎の下で結んであった。

「おまえがやったのか？」

「他に誰かいる？」

隣にもうひとりいるぞ。おれを振り返った顔は——シノビだった。

「無事だったのか？」

おれはこう言って彼の顔を眺めた。声は出なかった。シノビが代わりに、

「危《やば》かったが、間一髪で奴の術が破れた。多分、あんたのお陰だ。それから、あんたを手当てしたのは、この女だ」

おれは、もう少し無言の顔を決め込んでから、

「どうして、おれを助けた？　おまえを消滅させる手伝いをしたんだぞ」

「いいわよ、そんなこと」

お霧その弍は、はっきりと言った。少し虚笑

がかっているのが気になった。

「何がいいんだ？」

「どうせ、あんたやあたし程度じゃ、なに企んでも上手く行きっこないのさ。ミス・エクセレントだってくたばっちまったし。あたしは絶対に消せないね」

「自信満々だな」

おれは苦笑してから、シノビへ、

「さあ、話せ」

と言った。

ここから先は、シノビの話になる。

シノビはピューマ――に化けた呪万寺玄斉の後を追った。何とピューマに劣らぬ速さで、みるみる差を縮めた。生身と剥製の差だ。

それでもピューマはサンアントニオへ突入し、じき町の真ん中――という地点に達した時、両者の距離は一〇メートルだった。そのとき、前方から一騎の騎馬がやって来るのが見えた。

疾走しつつシノビはマキビシを放った。

悲鳴を上げたのは、ピューマではなく、すれ違った瞬間の馬だった。

仁王立ちになるその背から、騎手が転がり落ちる。剥製に戻ったピューマをちらりと見たきり、シノビは転落者に接近した。

銃声が轟いた。

寸前、シノビは右へ跳んで、路傍の建物の陰に隠れた。石壁が砕けて破片を撒き散らした。憑かれたのはわかっている。だからこそ、逃亡を妨げるべく馬を狙ったのだ。馬は走り去った。

「また、おまえの知り合いだぞ」

玄斉の台詞だが、声に聞き覚えがあった。月はない。それでもシノビの眼は白昼のごとく、二〇メートルほど前方に立つ痩せた背広姿の男を見ることが出来た。ドク・ホリデイだった。

肩付けしたウィンチェスターが、もう一度火を噴いた。

「どうだ、殺せるか？」

その胸元へ風を切って飛んだマキビシがひとつ、衝撃とともに叩きつけられた。
二、三歩後退し、たちまち体勢を立て直して、ドクはにんまりと笑った。別人の笑顔だった。日本人の。彼は左手でマキビシを払い落とした。
「この男――賭博師か。左の胸ポケットにカードが入ってた。生命拾いしたぞ。それとも、わざとマキビシで胸を狙ったのは、負傷させて捕えるつもりだったのか。甘いぞ」

「逃げられんぞ、玄斉」

シノビは声をかけた。

「ここを脱出して、西部三界をうろつくつもりか？　おれはどこまでも追いかける」

「ああ。だから、今夜この地で終わりにしてやるよ。おまえはまだ忍法〈海翁〉の本当の一手を知らん」

いきなり、ドクはウィンチェスターを乱射した。狙いもつけぬ莫迦射ちだ。

通りの前方に明かりが点った。町の人間が銃声に気づいたのだ。

これはまずい。駆けつける町の者たちが玄斉に化ける可能性がある。

はたして、ものの五分と経たないうちに、建物の前に二〇人以上の人間が集合した。保安官とその助手たちを除いて、ほとんどが素人《かたぎ》の町民だ。

「何してるんだ、ドク？」

保安官が怒鳴ってドクを睨んだ。町民全員の眼が彼を追い、すぐにシノビの方を向いた。

扇状に囲んで前進を開始した。異常な状況だった。まるで全員が〈海翁〉の忍法に憑かれたかのように。

火線が集中する前に、シノビは跳躍した。石壁の窓には格子が嵌まっていなかった。そこから内部へ――獣のような敏捷《びんしょう》さであった。驚くべきことに、窓の大きさは人間が通れるものではなかった。

ひと目で廃墟だとわかった。

床は瓦礫だらけで、天井は暗天を映し、奥の石段だけが天へ延びている。

分厚い木の扉の向こうで、叩き壊せ、という声が重なった。

シノビは石段の前にマキビシを放り、上へと昇った。

すぐにトビラに何かがぶつかり、木の裂ける響きが伝わって来た。

階段の先は廃墟の屋上であった。下からドク・ホリデイの声が昇って来た。

「ここはテキサスの誇りを世に知らしめる栄光の奥津城《おくつき》だ。一八三六年、開拓者によるテキサス共和国独立を怒ったメキシコ大統領サンタ＝アナは、八〇〇〇の大軍をもってテキサスへ侵攻、戦闘準備すらままならなかった共和国軍の

時間を稼ぐべく、ここサンアントニオの外れにあるちっぽけな伝道所が、砦としてメキシコ軍の前に立ちはだかった。すなわち、世に名高きアラモの砦だ」

アラモ——その名をテキサスのみならず、全アメリカ人は忘れないだろう。

一八三六年二月末、一八四人（異説あり）の独立軍が立て籠もった砦は一三日間の包囲戦に耐え抜いた末、三月六日、三度にわたる猛攻の果てに、見事な玉砕《ぎょくさい》を遂げた。やがて装備を整えたテキサス軍は、サンジャシントにおいてメキシコ軍を撃破、サンタ＝アナは自らの手で、テキサス独立の承認書にサインすることになる。

このとき、使われたスローガンが有名な「アラモを忘れるな《リメンバー・ジ・アラモ》」である。以後、アメリカが難局を迎える度に、この合言葉は復活し、アラモに次いで有名なのが、「真珠湾を忘れるな《リメンバー・パールハーバー》」だ。どうして先のことにこんなに詳しい？　余計なお世話だ、おまえ、誰だ？

「最後の戦いの日、メキシコ軍の攻撃兵は約一八〇〇人とされている。今おれといる連中は何と一八四人――攻守は所を変えるが、おかしな因縁だな」

階段の真下に、おびただしい足音と気配が集合した。

「どこにいる？」

シノビは声をかけた。

嘲笑が返って来た。

「あいつはじきにおれたちの誰よりも有名になる。いや、この国のナンバー1《ワン》にすら昇りつめるだろう。ただし、誰もその名を知らぬ実力者としてな」

急に口調が変わって、

「急げ、奴はもう逃げられん！」

靴音が石段を叩き上がってくる。

悲鳴が噴出した。石段の下に撒いたマキビシの成果であった。

「怖じけづくな。敵はひとりだ。射ち殺せ」

シノビは屋上の縁まで下がった。みるみる黒雲がふくれ上がった。雲はおびただしい顔を持っていた。保安官、医師、雑貨屋、葬儀屋、バーの主人、農場主ｅｔｃｅｔｃ――そのどれもが、時折、日本人の顔に見えた。

「いくらおまえでも、一七フィート（約五・二メートル）の高さからは跳び下りられんか」

ドクがウィンチェスターを肩付けした。全員の銃口がそれに倣《なら》う。

「射て」

その声に重なる、

「忍法〈髪縛り〉」

ドクの耳にだけは、届いたかも知れない。動かぬ引き金、落ちない撃鉄――それが撃鉄と銃把を縛りつけた一本の髪によるものとは。

「貴様――」

「良い風だ」

とシノビは言った。

ドクはウィンチェスターを放り出し、コルトを抜いたが、撃鉄は起きなかった。それも捨て、ナイフを抜いた。他の者もそれに倣う。

アラモの闘いは、敵味方ともに単発の銃ゆえに、決着は銃剣とナイフがつけた。今夜の戦もまたそれに倣うのか。

ドクを先頭に、人々はナイフと棍棒《こんぼう》と岩塊《いわくれ》、そして拳を武器に、シノビへと殺到した。

いや、しかけて倒れた。折り重なった身体の下から苦鳴が上がり、上の者は離れようとしたが、両足首はぴくりとも動かなかった。

「貴様――足にも⁉」

「忍法〈海翁〉――大阪の金融業者の番頭を殺人鬼に変えたのは、これだな。複数の人間にもかけられるとは思わなかった。しかし、効き目は短いようだな」

ドクが眼を剥いた。

「――知っていたのか？」

「いや。慌て過ぎる。時間がないと焦るのは、術が解けるからだ」

「ご名答！」

ドクの身体が独楽のように廻った。

何やら光るものを吹きつけてくる。微細な針だと知った刹那、シノビは身を屈めてドクへと疾走した。

シノビはのけぞった。小さな弾丸が左肩にめり込んだのである。

「かかったな」

ドクの右手でレミントン・ダブル・デリンジャーが紫煙を噴いていた。全長四インチ（約一〇センチ）足らずだが、二発の四口径弾は近距離なら十分な殺傷力を誇る。手のひらに収まる利点を生かし、賭博師やガンマンが袖口や長靴《ブーツ》の内側に隠して持ち運ぶ。

「もう一発あるぞ」

こう言って左手を振り回した。黒髪がまといついている。

「〈髪縛り〉――もう使えまいな」

引き金を引くまで一秒もかからない。

「忍法も拳銃には及ばぬか。シノビよ、忍者の時代は終わったのかも知れんな」

小さな死に神が吠えた。

弾丸はシノビの右頬をかすめて永久に消えた。

大きくよろめいたドクへマキビシを掴んだ左手を上げて、シノビはすぐに下ろした。他の連中もその場に倒れている。〈海翁〉が破綻《はたん》したのだった。

シノビは振り向いた。その遥か先にミス・エクセレントの家があった。

「やってくれたか、バントライン——金的だぞ」

シノビの話は終わった。とにかく、勝ちはしたらしい。おれは溜め息をついた。

2

「これから、どうするつもり？」

とお霧その弐が訊いた。

「おれはシノビに付き合う。彼の狙う相手はあとふたりだ」

「捜すのに時間がかかるわよ。中国人の中に紛れ込まれたら、多分死ぬまでわからないわ」

「NINPOUだ、NINPOU」

おれは吹きつける夜風に頭をさらしながら言った。気持ちいい。

「何でもそれで片がつく。おれはそんな気がしてる」

「アメリカ人てサイコー。ここまでおめでたい《ハッピー》と予言してやりたくなるわ。あんたたち、いつか世界を征服するわよ」

「そうかい、ありがとうよ。おまえの国はどうだ？」

「おたくの属国。ひどい目に遭って、以後、アメリカのご機嫌取りに汲々《きゅうきゅう》とするわ。世界一立派な法律も、莫迦な将軍がひっくり返してしまうわね」

「それはそれは」

おれは少し考え、自分でも思いがけないことを口にした。

「親分と子分か。そんな関係ロクなもんじゃないな。もう少しマシな未来が来ると思ってたが、やっぱダメか」

「やっぱって？」

「おれは何十年も前から〈辺境〉を訪れてる。最初は良かった。ここには何でもあった。人間がゼロから築き上げるべき世界がな。未開の荒野、途方もない数の野牛とリョコウバト、ビーバー、鹿、野兎《のうさぎ》、そしてピューマと熊《グリズリー》。先住民だって争いさえなきゃ楽しい隣人だった。いいかい、はじめてアメリカ人が〈辺境〉へ入りこんだ時、彼らは開拓の意気に感じて、食料も水も提供し、薬草のノウハウも教えてくれたんだ。彼らは善意の民族だよ。もともとこの地は彼らの土地だった。そこへおれたちがやって来て、勝手に大地を耕し、所有権を主張しはじめた。誰だって怒るさ。挙げ句の果てに、アメリカ人同士で戦争までおっぱじめやがった。負けた方は次々と〈辺境〉へ押し寄せた。勝った方も我が物顔でやって来る。鉄道が敷かれる。平原に何千万頭といた野牛は列車の運行を妨害するというだけの理由で射ち殺され、鉄道労働者の食料にするべく狩られた。空を埋め尽くしたリョコウバトは、今は影も形もない。南部人は北部人に喧嘩を売り、無法者と化した彼らは北部の鉄道と銀行を襲った。市民は彼らを助けた。だが、やがて、〈辺境〉にも法と秩序が強制されるようになる。法の執行官たちは無法者を追いつめ、電信は彼らの行方を逐一、司法機関に送る。まだ〈辺境〉は残っているが、それも近々消滅するだろう。おれは最後のロマンという奴を求めている愚か者かも知れん」

「正解よ。最後だけ」

お霧その弐は手綱を放して手を叩いた。

「あなたは莫迦、玄斉も莫迦、シノビも莫迦。おかしなものを胸に抱いて、こんな荒野の果てまでやって来た。ここはまだ、それを叶えてくれる土地なのかしら？」

「多分、まだ、な」

半ば確信、半ばたわごとと思える返事だった。

まだだとも。だが、いつかは——

どうなる？

いつもの答えがすぐに出た。

思考を明後日《あさって》の方へ追いやってしまったのだ。

代わりの言葉が口を衝いた。

「座頭坊はどこにいる？」


サンアントニオの夜は騒然たる雰囲気に包まれていた。

おれ——シノビとお霧その弐は、馬車を保安官事務所の前に止めると消えた——は事務所で保安官に会った。

保安官は明らかに混沌としていたが、すぐに助手をミス・エクセレントの家へと走らせ、彼らが、おれの話した通りの状況を伝えると、

「ミス・エクセレントは使用人の中国人を埋葬中、心臓の発作に襲われて、サンアントニオへ行こ

うとしていたが、途中で力尽き、馬と一緒にどこへともなく消えた。それが真相だ。幸い町ではひとりも死んでいないし、ドク・ホリデイは医者のところにいる。あんたたちも早いとこ町を出て行ってくれ。トラブルは真っ平だ」

「わかった。明日出ていく」

おれが感じていたのは安堵だけだった。ここを出てどこへいくのも気にならなかった。

そこへ保安官助手とドクが入って来た。

右腕を肩から吊っているきりで、酒臭いのは変わらない。衰弱している風もない。

おれたちのことが気になって、ミス・エクセレントの家へ駆けつける途中、ピューマに出食わした。

闇の中で真紅に光る眼を見た瞬間、アラモの廃墟の屋上にいた。それまでのことはまったく記憶にない――ドクの言い分を聞くと、保安官はこの件に関しては一切口をつぐめ、みな明日町を出ろ。再度命じた。

翌日、ノックの音で眼が醒めた。

「サンアントニオ・ジャーナル」の記者で、エド・ハンガーという若いのが名刺を差し出し、昨夜のトラブルに関する話を訊きたいと申し出た。

「おれは何も知らん。保安官のところへ行け」

と言ったが、もう行って来た、何もなかったの一点張りで話にならない。町の連中に当たってみると、深夜、銃声がして武器を手にアラモの廃墟に駆けつけた。ドク・ホリデイが待っていた。その眼を見た途端、みな意識を失い、気がつくとアラモの屋上にいたと口を揃えている。ドクに取材を申し込んだら、二度と来るなとコルトで脅しつけられた。

「後は、あなたしかいないんです」

「何も知らんな。昨日の夜は静かな晩だった。なぜ、何かあったと思うんだ？」

「僕もアラモの屋上で我に返ったんですよ」

「ふむ。いいことを教えてやろう。世の中の九九パーセントは、実は訳のわからない出来事から成っている。どれもこれも忘れた方がいい代物だ。君がみんなとアラモの屋上にいたというのは幻覚だ。夢だ。おかしな夢を見た挙げ句、それについて取材したくなったのだ」

「そんな莫迦な」

「夢幻《ゆめまぼろし》相手に話は出来ん。帰れ」

冷たくドアを閉めた。ノックが再開した。

「頼みます。大統領の西部来訪までいいネタがないんですよ」

「大統領？」

少し興味を引いた。

「西部来訪なんて聞いてないぞ」

「一〇日ばかり前に、急に決まったらしいです。次期大統領選挙に備えて、支持基盤の弱い西部に顔を売っときたいんでしょう」

「一〇日前か――相当焦ってるな。いつからどこを廻る？」

「二〇日がウィチタ、三日おいて二四日がデンバー、二七日がサンタフェ、来月一日がフェニックス、五日がサンフランシスコ」

「カンザス、コロラド、ニューメキシコ、アリゾナ、カリフォルニアか。大旅行だな。ま、しっかりやりたまえ」

おれはもう興味を失っていた。雲の上のお偉いさんなど、おれの懐には何の関係もない。それよりシノビのNINPOUを売り出す方が、よっぽどドルになる。

「じゃあな」

冷たく言い放って、ドアに背を向けた。

「そうだ——一行のなかに日本人がいるそうですよ」

「入りたまえ」

大きくドアを開けた。


一〇分としないうちに、おれは市内の歩道を当てもなくうろついていた。

お霧その壱はまだ睡眠中だ。目的はシノビ捜しである。

昨夜、保安官事務所の前で、お霧その弐ともども消えてしまった。町なかの倉庫かホテルの屋根の上で眠っているのだろうが、サンアントニオくらい広くなると、ポイントを絞るわけにはいかない。で、向こうがおれを見つけるのを待つことにしたというわけだ。

メイン・ストリートを西の方へ横切ろうとした足を、北からやってくる青い影たちが止めた。

馬にまたがった青い影たち——騎兵隊だ。

大統領は今回、テキサスと無縁だから、対先住民戦用に近くの砦から駆り出されたものだろう。

正直、おれは彼らが好きじゃない。先住民について少しでも知識がある者はみなそうだ。彼らが政府の走狗《そうく》となって、罪もない連中に何をしでかしたかを考えると、いてもたってもいられなくなる時がある。

人数はざっと五〇人。みな、すさんだ面をしてやがる。ほとんどが泥まみれ、血だらけで、顔中に汚れた包帯を巻いたり、腕を肩から吊るしたり、折れた矢を背中から生やしたりしている奴もいる。

「面倒を起こさなきゃいいが」

おれの台詞《せりふ》じゃない。

かたわらで連中を見送る白髪の老人の感想だった。

3

騎兵隊が保安官事務所の前で止まるのを見届けてから、おれはもうひと廻りし、とうとう音を上げて、酒場《サルーン》に入った。

カウンターには二人の客がいた。町民と同じシャツとジーンズを着た先住民だ。平和を好むカイオワかアラバホの一族だろう。町には部族の工芸品を売りに来て、その金で食料や道具を買っていく。

少し離れた席に腰を下ろして、バーテンにウィスキーを注文し、汗を拭いていると、

「ソルジャー・ブルーが来たな」

バーテンがおれの前にグラスを置いて、とがめるような眼で外を眺めた。

酒場にとって金さえ払えば誰でも客だが、一応軍規で縛られているはずの兵士を嫌がるには理由がある。

この国の職業で、唯一、戦いを専《もっぱ》らとする軍人は、その仕事上、平和な時間を迎えた際に、必ず爆発する。兵士同士、あるいは民間人相手の大喧嘩だ。それがエスカレートすれば、射ち合い、殺し合いにまで発展してしまう。

そもそも騎兵隊に入る連中は、ほとんどが食いつめ者で、お尋ね者、犯罪者まで含まれているから、酒が入ればトラブル続出は、ある意味当然だ。店の方もそれは覚悟しているし、被害は軍へ請求すればいい。支払い元は、信頼この上ない合衆国政府だ。

だが、民間人には軍への憧憬《どうけい》が欠かせない。苛酷《かこく》な訓練を積み、厳しい規律を守り、自ら律して生命懸けの戦いに挑む。目的は人々の生命、財産の保護だ。だからこそ、兵士は人々の尊敬を受ける。そのような兵士がいないとわかっていてもだ。酒場での彼らへのジレンマはそこから生じる。敬すべき者たちの、下劣な姿を人々は見たくないのだ。

先住民の客が、慌てて金を払い、釣を貰うと店を出て行った。

ソルジャー・ブルーとは青いシャツから生まれた騎兵の名称で、先住民が使う。

「ひと騒ぎあるな」

おれはグラスを半分ほど空けてから言った。

バーテンはうなずいた。

「間違いねえ。アパッチと闘ったんだ。しかも、ありゃ負け戦だったろう。荒れてるぜ。真っすぐ砦へ帰って欲しいもんだ」

「頑張りな」

「ありがとよ」

バーテンが笑顔を見せた時、スイング・ドアを押して、金髪の若い男が入って来た。

「ハイ」、と陽気にバーテンへ片手を上げて、カウンターへ入る。隣へ来るとバーテンは、

「今日から勤める新米だ。贔屓《ひいき》にしてやってくれ」

「バーンズです」

新人は右手をのばしてきた。

「昨夜、ぶらりとやって来たんだが、カクテルなんぞおれより上手い。おれはこれで上がりだ。夜まで任せたぞ」

「イエッサ」

バーテンが出ていくと若いの――バーンズはおれに笑いかけた。

「中国人と一緒に来た方ですね。駅で見ました」

「日本人だ」

「へえ、どう違うんです？」

「ＮＩＮＪＡなのが違う」

「はあ？」

「男の方は五〇メートルもジャンプし、透明になる。女の方は夜になると一〇人に増える」

「まさか」

バーンズは曖昧に笑って見せた。

「それどころか、おまえ、男には仲間が沢山い

てな。ひとりは狼に化けて牛をいっぺんに一〇〇頭も喰い殺し、ひとりは地団駄踏んだだけで大地震を起こし、町ひとつ地の底に埋めてしまった。聞いたところじゃ、みんなでアメリカを征服するつもりらしい――ん？」

バーンズは身を乗り出しておれを見つめ、

「ひょっとして、あなたバントラインさん？」

「よくわかったな」

おれは正直、呆れた。

「一作読みました。今みたいな大ホラ吹けるのは、あなたしかいません」

「そうかい」

唇が不快にひん曲がるのがわかった。

「ね、何で日本人と一緒に、サンアントニオへやって来たんですか？　誰にも言わないから教えて下さいよ」

「そんなこと訊いてどうする気だ？」

「そういう話が好きなんですよ」

「他の客に教えてもらえ」

「はあ」

露骨に残念そうな顔しやがる。田舎者が。少しあおってやるか。

「いいか、日本人てな実は、アメリカ征服を狙ってる油断のならない国民だ。見つけ次第吊るしてしまえ」

「いくら何でもそりゃひでえや」

バーンズはしかめ面になった。

「少しはいいところがあるんじゃないんですか？」

「ないない。ナッシング」

おれは片手をふって、グラスを空けた。

「おれがこれだけ捜し廻ってるのに、出て来ないんだからな。役立たずが――」

「何かあったんですか？」

「内緒だ」

手元にグラスが置かれた。

「頼んでねえぞ」

「奢りです」

「そいつはどうも」

おれはひと口飲《や》って、

「ようし教えてやろう」

と言った。借りを作るのは一向に構わないが、田舎の兄《あん》ちゃん相手にやりたくはなかった。

「今度の大統領遊説は知ってるな？」

「いえ」

「――そこに日本人の秘書がいるというんだ。いいか、大統領の秘書に、日本人だぞ」

バーンズが眼をかがやかせた。

「まさか、その秘書が大統領を暗殺するつもりだとか？」

「嬉しそうだな、おい？」

「いえ、別に。でも、凄いトピックじゃないですか。みんなに言いふらさなきゃ」

「何がだ？」

「いえ、大統領暗殺」

「そんなこと言ってないぞ、おれは。いいか、死にたくなけりゃ黙ってろ」

「わかりました。でも」

おれはコルトの銃口をバーンズの顎に押しつけた。

「わかりました」

「よし」

「で!?」

「あのなあ」

軽いゲップが出た。

「――その日本人は、半年前に第一秘書の座を射止めた。噂では副大統領が連れて来たというが、大統領夫人がワシントンの中国人街《チャイナ・タウン》で見つけたともいう。まだ馘《くび》になってないんだから、相当優秀なんだろう」

「ごもっともです」

「ところが、どう考えてもおかしい。有能な秘書くらい、世に掃いて捨てるほどいる。白人にも黒人にもプエルトリコ人にも中国人にもギリシャ人にもフランス人にもだ。なぜ、日本人でなきゃならない？　それは大統領が選んだのでも、副大統領が連れて来たのでも、大統領夫人が見つけたのでもない。奴が見つけさせ、連れて来させ、選ばせたのだ、自分をな」

「あの……何を仰って……」

「NINPOUだ！」

おれはカウンターをぶっ叩き、叩き過ぎてべそをかいた。

「奴はNINPOUを大統領とその側近にかけて、第一秘書に成りあがったのだ」

「いや、よくわかりませんが、それならいっそ大統領にでもなった方が」

「そんなことをしてみろ。他の側近や政敵――何より国民が黙っていない。日本人の大統領だと？　黒人の大統領の方がまだ見込みがあるわい。奴はゆっくりとやるつもりなのだ」

「ほほう」

「まず第一秘書。日本人てのは中国人よりずっと勤勉で誠実らしいから、信頼を得るのは造作もない。何せ、当の大統領を操っているんだからな。それを何年かして、大統領が引退しても、次の大統領に同じ身分に同じ役職で雇われ、また何年か第一秘書を全うしながら、自分や仲間に都合のいい政策を行わせるんだ。例えば、日本製品の関税は課さない。あるいは州のひとつを日本人にくれてやる、とかね」

「まさかあ」

「そうとも、みんなおれの推測に過ぎん。だが、おれは信じてる。奴は、ＮＩＮＰＯＵひとつでこの国を乗っ取るつもりなんだ」

第九章　忍法〈KUNITORI〉

1

おれの一大発言に、バーンズがのけぞるように後じさった時、客がひとり入って来た。

「これは中尉――。まだ早いんじゃないですか？」

「わかってる。いちばん高いウィスキーをひと壜くれ」

バーンズが棚から一本取り出し、中尉に値段を告げてカウンターに紙幣が放られ、取引は終わった。

「個人用で？」

「いや」

「上司のですか？」

「いや」

まだ若いのに、見る角度によってはひどく老いて見える中尉は、かぶりをふってから、

「兵士の安月給じゃ、こんな酒は一杯だって飲めん。どんな味かは知らぬまま、一生を終える連中がほとんどだろう。彼らは死に方も選べない。荒野を進みながら、アパッチやコマンチと戦って死に、寒冷の地で凍死し、ひどい場合は飢えて死ぬ。故郷の家族や婚約者《いいなずけ》は助けてはくれない。夫や恋人の死も知らずに帰還の日を夢見るだけだ。なあ、せめて美味い酒の一杯くら

い飲ませてやりたいと思わんか」

「そりゃあまあ」

バーンズはグラスを拭きながら、眼を伏せた。

「いい話だなあ」

おれは感嘆の声を上げた。

「いやあ、こんな辺境の荒くれどもの中に、こんな人格者がいるとは思わなんだ。故郷を遠く離れ死に方も選べぬ草莽《そうもう》の兵たちに、せめて一杯の酒を？　いやあ胸が洗われる想いだ。ところで、ここへ来た目的はアパッチか？」

「いや、コマンチだ。あんたこの町の人間じゃないな」

「実は一昨日到着したばかりの旅行者だ」

「なら、早めにここを出たまえ。今回のコマンチは狂暴だと聞いている。しかも、おかしな戦い方をするそうだ」

こりゃ、嬉しいことを言ってくれるぜ、中尉さん。おれはときめく胸を抑えて、

「おかしな戦い方って？　教えてくれ。ちょっとでいい。それと同じウィスキーを一ケース進呈するぜ」

名乗った。中尉は一瞬眼を丸くし、すぐに軍人の謹厳さを取り戻したが、おれの要求を受け入れると決めたようだった。

「一〇日ばかり前に、砦へ向かった輸送隊が襲われ、全員殺された。ところが、現場に駆けつけてみると、みな後ろから喉を掻き切られてるんだ。真昼のしかも、馬の上でな」

音もなく兵たちに近づき、背後から躍りかかるコマンチの姿をおれは空想してみた。無茶だ。

上手くいくはずがない。夜中じゃなく昼間だ。

中尉はおれの空想にとどめを刺した。

「隊は谷間の細道を通過中だったんだ。両側の岩山はすべて二〇メートルを超していた」

混乱がおれを包んだ。

それじゃ、背後からとび下りてどうこうするのも無理だ。地中から湧いて出たとしか思えない。コマンチよ、お前は温泉か。

「どうやったんだ、一体？」

「とび下りたんですな」

おれはバーンズを睨みつけた。たかがバーテンめが。

「えらく自信たっぷりな言い方をするじゃねえか。現場を見たのか？　二〇メートルの岩の上からジャンプして、兵隊の後ろに着地、しかも馬の上ときてやがる。どうやったか説明してもらおうじゃねえか？」

「一〇〇ドル」

バーンズがおれと中尉を見ながら口にした。博打の宣言だ。

「よし」

おれは財布から一〇〇ドル札を一枚取り出して、カウンターに置いた。

バーンズがカウンターの下の財布からこれも一〇〇ドル札を置いた。驚いたことに中尉も加わった。

バーンズが上手く説明できなければ、おれと中尉はバーンズの一〇〇ドルの半分ずつで五〇ドルの儲け。片やバーンズは、おれたちを納得させられれば、おれと中尉の合計二〇〇ドルのいただきだ。

　こりゃ凄い。バーンズの儲けはカウボーイの三カ月分の給料にあたる。

「で、どうやったってんだ？」

「岩の上からとび下りたんですよ」

　バーンズは、とんでもないことをあっさりと口にした。

　おれは吹き出し、中尉は呆気《あっけ》――という表情になった。

　必死に心臓にブレーキをかけ、

「すると、あれか、二〇メートルもの崖の上から、コマンチが二〇人も一斉にとび下りて馬の尻《けつ》に乗っかり、兵隊の喉を掻き切ったって？　ヨタ話もいい加減にしろ」

「二〇人じゃない」

「なにィ？」

　中尉も愕然とバーテンを見つめた。おれと同じく。今の話と同じことを考え、アホ臭いとやめたのだ。

　ひとりなら、二〇人よりリアルだが、アホらしさに変わりはない。

「ひとりでとび下り、馬から馬へと飛び移って、二〇人の兵士を皆殺しにしたってのか？　その間に馬は一度も騒がず、他の兵隊も気がつかなかった？　そんな化け物みたいな奴がこの世の中にいる――」

　もんか、と言うつもりだったのだ。

　言えなかった。

　おれは知っていた。

　いる、と。

中尉の訝しげな視線も気にならなかった。

バーンズに顔を突き出し、

「どうして、おまえが知ってるんだ？　あいつらのことを？」

「どういうことだ？」

中尉が語気荒く訊いた。バーンズは慌てもせず、

「ここへ来る前、リンカーン郡のある町にいたんです。そこで耳にしました。恐ろしい日本人のことを」

「そうだ。あいつらなら出来る。二〇メートルの高さから重さも感じさせずに馬の背にとび下り、敵の息の根を止めてから、また別の敵へととび移る。あっという間だ。馬も気づかない。殺られた方は痛みも感じなかったろう」

おれは狂人みたいな表情をしていたことだろう。

シノビの同族がコマンチの中にいるのだ。座頭坊か呪万寺玄斉が。

「そんな人間がこの世にいるものか？　いかにフロンティアといえど、ここはまともな人間の世界だぞ」

「まともじゃないのもいるんだよ」

おれは、ウィスキーを空けた。くう、胃が燃えそうだ。少なくとも、おれとウィスキーはこの世界のものだ。

口元を拭ってから、

「なあ中尉、今度のコマンチ狩りに、おれも同行させてくれ」

「民間人はいかん。危険すぎる」

「おれなら、新コマンチの打つ手を見抜けるぞ」

「嘘をつくな。あんたの本を読んだが、出鱈目《でたらめ》の巣だ」

「本と現実は違う」

「証拠を見せたまえ」

「よし。この名前を知っているか。ジャクソン・ローデール、ウィリアム・レナハン、ノツカイ・ローゼンタール」

中尉の顔色が変わった。疲れ切った善良な顔を、どす黒い悪意に歪《ゆが》んだ表情がかすめた。

「あんたが、ララミー砦にいる時代、かなりのリベートを取って、武器を購入させていた東部の商人たちだ。情報元かい？　西部の英雄バッファロー・ビル・コディさ。彼はあんたの不正を探っていたが、それがはっきりとする前に、あんたはこちらへ転任になってしまった。で、ちょうど、砦へ取材にやってきたおれに、洗いざらいぶちまけてくれたのさ。その顔じゃどうやら商人どもとの腐れ縁は、まだ続いているようだな、え？　なあ、こう考えちゃどうだ？　おれがあんたの上司にしゃべる前に、コマンチに殺られちまうとさ。誓ってもいいが、今度の出動に連れてってくれたら、生きて帰ってもおれは口をつぐむ。これは信じてもらう他ねえがな。おい、バーンズ、おまえもしゃべるんじゃねえぞ」

おれは一〇〇ドル札を一枚、バーテンの前でひらひらさせた。

素早くそれを収めて、

「おれ、急に耳が悪くなる持病がありまして」

若いが世間を知ってやがる。

中尉はそれから少しの間、沈黙を続け、

「よかろう。出発は正午だ」

と言った。

「だが、コマンチの矢の他にも気をつけるものがあるぞ。味方の弾丸に倒れた兵はごまんといるんだ。君もそのひとりにならんように心がけることだ」

「ウィ」

おれは片手を上げた。

中尉の前にバーンズがグラスを置いて、

「奢りです」

と言った。

かっとあおって空けたのは、見事な飲みっぷりであった。

叩きつけるようにグラスを置き、大股に四歩ばかり進んだところで中尉は足を止め、

「なぜ、そこまでして同行したい？」

「新しい英雄が必要なんでね」

とおれは答えた。


さんざん悪態をついたが、騎兵隊の任務がしんどいのも確かだ。いったん砦を出て遠征ともなれば、ホテルなど一〇〇キロ四方にない荒野のど真ん中で野営野宿の連続である。厳しい自然環境とコマンチだけが敵ではない。砂漠にはガラガラ蛇や蠍《さそり》らが闊歩《かっぽ》し、大小問わず獲物を狙っている。

そんなところへ乗り込んだのは、シノビを出

し抜いて別の忍者と遭遇し、インタビューをまとめたいからだ。

騎兵隊員を二〇人余、あっという間に惨殺してのけたとなれば、誰だって忍者や忍びに興味を抱くに違いない。それに、シノビの敵にも言い分はあるだろうし、別の興味深いＮＩＮＪＡ話が聞けるかもしれない。これが出来るなら死んでもいい——いや、死んじゃ宝のようなインタビューを世間に伝えられなくなるから、何とか逃げるつもりだが。今、俺は生命など捨てても惜しくない血の昂りに身を委ねていた。

正午過ぎ。休憩と昼食を終えた隊員たちが町外れに集まり、おれは司令部付きの記録係、ネッド・バンカーランドと紹介された上で、仲間に加わった。

実戦部隊に記録係などいるわけがないから、たちまち疑惑の視線を浴びたが、すぐにみなそれどころではなくなった。

それまでのアパッチ、コマンチとは異なる不気味な敵が待ち伏せしている——これを知っての行軍は、緊張と不安の糸に絡みつかれていた。おまけに糸は限界まで張りつめ、触れただけで切れそうだ。

おれも緊張だらけだが、こら面白いとにやつく余裕はあった。

平原へ出た。

テキサス大平原というのは、何度見ても溜め息が出てしまう。広いのだ。山も川もない。どこかにあるが見えない。こういうものを見るように人間の眼は作られていないのだ。その前に、暮らしていけまい。

ところが、町を出て二時間ほどで、この考えは否定されてしまった。

平原の彼方に黒煙が昇っていく。

「あそこの住人は⁉」

中尉の叫びに地図を手にした偵察《スカウト》のひとりが、

「アーノルド家です。家長はホブスン。妻と子供が三人います」

「――なんでこんなところに」

おれの胸の中を、中尉が代弁した。

「四方に気をつけろ。突撃に移る」

この辺はセコくても指揮官だ。コルトを抜くや、先頭に立って突進に移った。兵士らも後に続く。おれは部隊の先衛の横についた。

銃声が渡ってきた。ライフルと拳銃が混じり合っている。

いきなり景気のいい音が耳をつんざいた。突撃ラッパだ。

すでに黒煙を噴き上げる農場が、前方に形を整えていた。

周囲を巡っていたコマンチが、大慌てで退却する――と思いきや、柵の前で陣容を整え、こちらと対峙《たいじ》した。

――危《ヤバ》い。

直感がそう叫んだ。

向こうは約二〇、こちらは四〇。数でも武器でも圧倒的な差だ。それを差と感じさせないものが、彼らを支えているのだった。

「中尉――止《と》めろ」

おれは彼の隣へ馬をとばして叫んだ。

「これは罠だ。化け物が待ってる」

「民間人の家が燃えている。邪魔するな！」

へえ、まともじゃないか。なぜ汚職に染まったんだ？

こう思った時、視界が突如、逆転した。

2

地面が天へと昇り、天が地上へと降下する。

幻じゃあない。おれの五感がそう感じた。

悲鳴の交錯が平原を渡った。

馬は天と化した地上から地となった天へと落下し、おれたちもまた鞍から離れて蒼穹の彼方へと落ちていった。

だが、それも一瞬だった。

全身を震わせる衝撃は、天上ではなく地の上のものだった。

おれたちは横倒しになった馬から落ちた格好で平原に横たわり、見届けたコマンチは鬨《とき》の声を上げて、殺到しつつあった。

立ち上がろうとして吐いた。天地逆転の眩暈《げんうん》はなおもおれを翻弄し、退いてくれそうになかった。これではコルトやスプリングフィールド銃を構えても、命中するのは太陽か月だ。

「馬の陰に隠れろ」

よろめきよろめき、中尉が横倒しになった馬の向こうに滑り込んだ。

遮蔽物のない平原で数に勝る敵と遭遇した場合、馬を倒して楯にするのが常識だ。この状況だと倒す手間は省けるが、反撃が不可能では無抵抗と同じことだ。

——終わりか。

本気で思った。

それでも、おれは腰のコルトを抜いて、ぐらぐら揺れる狙いをつけた。

コマンチはもう三〇メートルまで——いや、二〇メートル——奇蹟はそのとき起こった。

先頭のコマンチが、馬ごと前方へのめったのだ。騎兵は吹っ飛び、後方の馬がそこへ突っ込んで、これもつんのめる。あっという間に、コマンチは潰乱《かいらん》してしまった。

「射て、射てえ！」

中尉の叫びに、ライフルの銃声が応じた。だが、大慌てで馬を起こし、鞍にまたがろうとするコマンチに当たった風はない。中には本当に太陽めがけて火を吐く銃もあったりして、潰乱はお互い様のようであった。

おれは二、三発射ってから、何とか眼の焦点を平原に合わせた。

ひとつの確信が胸に宿っていた。

眩暈の方はわからないが、コマンチの潰乱は絶対にシノビの仕業だ。彼ならやれる。忍法〈髪縛り〉——人間の動きを封じる髪の毛が、馬の脚をすくっても少しもおかしくはあるまい。いつどうやって張ったかという問題は、あいつなら出来る、と答えれば十分だ。

とにかく、コマンチは走り去り、騎兵隊側も〝酩酊状態〟だけで犠牲者を出さずに済んで、この場は収まった。

少し様子を見てから、煙の下へ到着したが、開拓者の小屋は、焼けた材木を残すばかりだった。

ところが、家の近くに、家族五人が全員無事放置されているのが発見されたのである。縛られている他は、小さな怪我ひとつなく、今回の事情は、彼らの口から明らかになった。

我々が駆けつける三時間ほど前、一家全員が失神状態に陥った。父親のビルは畑を耕し、母ケティは台所仕事に追われ、一〇歳の長男ロディと九歳の長女キャロル、七歳の次男マットは部屋で、五〇キロ西にある小学校の予習に励んでいたのである。

そして、全員が意識を失う寸前、ヴァニラに似た甘い香りを嗅いだと証言している。

気がつくと、みなロープで縛られ、猿ぐつわをかまされて、発見された地点に寝かされていた。かたわらに革の上衣を着たコマンチのひとりがいて、家族を見下ろしていた。

覚醒した五人の様子を見届けるのが目的だったのか、コマンチはすぐにその場を去った。その後すぐ、家の方から火の手と黒煙が上がって、五人は恐怖したが、声と馬の鳴き声ばかりで、コマンチが姿を見せることはなかったという。

家に関しては、開拓民の常でくよくよはしなかった。全てをゼロから成し遂げて行く彼らの意識は、「これが最後」ではなく、「とりあえず」に保たれる。壊れたら、また一から始めればいい。この豪胆かつ鷹揚《おうよう》さなくして、開拓は成り立たないのである。

事情聴取《ちょうしゅ》に立ち会い、おれはますます確信を強めた。

呪万寺玄斉と座頭坊——どちらかがコマンチの中にいる。

そして、二人のどちらかも、今の騎兵隊殲滅《せんめつ》作戦に失敗したことで、シノビの存在を知ったに違いない。

中尉は家族を保護して町に戻ろうとしたが、おれはここに残ると申し出た。

「コマンチはまだうろついているかも知れんぞ。危険だ」

「同感だが、コマンチに殺《や》られるより、見たいものがあるのさ」

「我々には民間人を守る義務がある。そう希望されても放置して行くわけにはいかん」

「おれは昔のことをしょっ中思い出す。それも他人の過去をな。そして、酒が入るとしゃべらずにはいられない」

これで決まりだった。

中尉は一同を連れて引き上げ、おれだけが平原の焼け跡に残った。

確信があったといえば嘘になる。だが、平原のどこかにシノビともうひとりのＮＩＮＪＡがいる——そんな気がした。

だとしたら、もう戦いは始まっているのだ。異国の超人が体得した、驚きの技を駆使する死闘が。

馬をその場に置いて、おれは平原をぶらつきはじめた。目的があったわけではない。息を潜めている二人が現れる契機になるかも知れない――こう思ったりもしなかった。

しかし、五分ほどで待つのが我慢できなくなった。コルトを抜くと、何も考えずにぶっ放した。

銃声は虚しく虚空に消えた。

装填しておいた五発を射ち尽くし、少し落ち着いた。

そのとき――世界が逆転して、おれはもう一度、天へと落ちて行った。

またか、と思ったが、そうではなかった。

おれは逆さまの宙吊り状態で、停止してしまったのだ。全身の血が脳へと逆流していく。

前回は天界へ落ち切ったから何とかなったが、今回は中途半端だけに同じ感覚が――つまり三半規管を狂わす状態がいつまでも続くのだ。吐き気がこみ上げたが、吐くものはなかった。おれは胃液を吐いた。

実際のおれはよろめいた形で何とか立っていた。それもNINPOUの仕業だったろう。

「おまえの知り合いか、シノビよ」

渋い声がしたが、日本語だ。もちろん、おれにはわからない。どこから話しているかも不明だった。

「そうなるな」

確かにシノビの声だ。これも意味不明。

「今彼は、おれの〝逆しま将軍《SAKASIMA SHOGUN》〟の術中にある。生かすも殺すもおまえ次第だ」

「どうしろと？」

「まず、姿を現せ。それからだ」

「……」

出て来い、とおれは胸の中で喚いた。

何をしてやがる？　おれの命が危ないんだぞ。

背中に灼熱の痛覚が食い込んだ。衝撃からして手裏剣だ。こう推理してから悲鳴を上げた。

「急所は外した」

声がまた何か言った。

「次は喉を刺す。それから両腕だ」

「彼は関係ない――やめろ」

「関係ない奴が、騎兵隊だけ帰して、なぜひとりだけ残った。おまえの仲間だという証拠だ。白人《ホワイト》めが」

お、人種問題が絡んできたか。シノビの声が応じた。

「おまえがコマンチの仲間になったのは、そのせいか？」

「そうだ。少々気の毒に思ってな。この大陸は、もともと彼らと野生動物のものだった。それを勝手にやって来た白人どもが、土地を奪い、動物を殺し、彼らを追い詰めていったのだ。侵略と殺戮《さつりく》とを、神の意志による明白な宿命だと主張しながらな」

「それで同情したのか」

「おれは、おまえと違って、根っからの伊賀の里の者じゃない。美濃《みの》の村が戦乱で焼かれたために逃げ出し、四つの時に頭領《とうりょう》に拾われた。同じだろうが。コマンチやアパッチたちとな。何ひとつ悪さはしていねえのに、家は焼かれ、家族は槍で突き殺される――そうした奴らにお返しするために、おれは忍法を学んだのだ。日本では叶えられなかったが、まさかこの国で役に立とうとはな」

　何を言っているのかさっぱりわからないが、皮肉めいた口調だった。シノビの反応は、例によって冷たいくらいに落ち着いていた。

「ここでは天晴《あっぱ》れな戦士かも知れんが、おまえは仲間を殺《あや》めて逃げた。そっちは償《つぐ》なわねばならんぞ」

「シノビ――仲間に入れ」

　平原のどこかから、驚きの気配が伝わってきた。

「おれが、か？」

「そうだ。おれが唯一、忍びの里で勝てなかった男。おまえの忍法が加われば、コマンチは天下無敵だ。騎兵隊ごとき、戦いのたびに一敗地にまみれさせてくれるわ。先住民は日本人に近い。それは感じておろう。おれはコマンチもアパッチも、あらゆる先住民を団結させ、アメリカという国にひと泡吹かせてやろうと企んでいるのだ。シノビよ。ちっぽけな国の些細ないさかいなど忘れ、大道につけ」

　すぐに返事があった。

「よかろう。些細な役目を果たした後でな」

　不意に苦鳴が聞こえた。

　おれが落ちたところから見て、シノビが敵に打撃を与えたのだろう。

　頭上をびゅっと何かが飛んだ。

立ち上がることも出来ないくせに、おれは四方に視線を飛ばしていた。何も見えない。だが、すでに人外の攻防の火蓋は切られているのだ。

　おれの右足が向かった五メートルほど先に、忽然《こつぜん》と生じた影がある。若いが僧籍にでも入っているかのように、一本の毛もない禿頭《とくとう》の男であった。コマンチの衣裳を身につけている。

　反射的に、おれは揺れ続ける頭を反対側に向けた。

　男と等しい距離を置いて、シノビが立っていた。しかし、どっちも、身を隠す場所もない平原の、どこに潜んでいやがった？　ＮＩＮＰＯＵか、ケッ。

「おまえの髪の毛か？」

　男が何か訊いた。右の脇腹に赤い染みが広がっていく。シノビの攻撃を受けたのだ。いつ《WHEN》何処《WHERE》で何《WHY》がどう《HOW》なっているのかは、小説だけではなく、あらゆる行動の基本的理念だが、こいつらに関しては全く当て嵌まらない。

「忍法〈血髪陣《KEPPATUJIN》〉」

　とシノビが答えた。

「一キロ四方に張り巡らせてある。おまえの知らぬ技だ。座頭坊《ZATOUBOU》」

　ＫＥＰＰＡＴＵＪＩＮてのはギャグ用語らしく、相手――座頭坊はにんまりと笑った。

「確かに。いつの間に張り巡らせた？　だが、シノビよ、おまえもおれの技をまだ知るまい」

　またも突拍子もない感覚が、おれを虜《とりこ》にした。

　シノビから驚きの気配が伝わった。

　おれは空中で真横になっていた。正確には大地が垂直に切り立ったのである。今度は落ちず、

重力は真横に働いた。風は垂直に吹いた。

シノビも仲間だった。彼はよろめいた。

「逆しまでの戦いは慣れているのだろうが、これはこなせまい」

座頭坊が笑った。彼は尋常に立っている。おれたちもそうだ。あくまでも奇怪な感覚に捉われているにすぎない。しかし、それは現実の感覚なのだ。

「しかし、おまえの髪の毛も侮《あなど》り難い。動かずに始末させてもらうぞ」

座頭坊の右手が、腰のベルトにはさんだトマホークにかかった。

振りかぶったそれが振り下ろされる――その瞬間、座頭坊の動きは、驚愕の叫びとともに凍りついた。

渾身の力を解放する寸前、背後からトマホークを掴んだ手があったのだ。驚愕の叫びは、それと、忍者たる彼の五感に触れもせず出現したことに対するものであった。

驚きのあまり、〝逆しま将軍〟は破れた。

五感はなお昏迷《こんめい》を留めたまま、シノビの右手から放たれた短刀は、それでも正確に座頭坊の心臓を貫いた。

どっと倒れた座頭坊の背後で、絢爛たる衣装にふさわしい笑みを見せているのはお霧であった。

シノビが立ち上がって座頭坊に駆け寄った。おれは何とか立ち上がったものの動けず、眼だけを向けた。

どう見ても座頭坊は即死状態だ。それが、

うっすらと両眼を開いたのだ。

「とどめを刺す前に――頼みがある」

内容は見当もつかないが、しっかりした声だ。

ＮＩＮＪＡって何者だ⁉

「聞こう」

シノビが応じた。

「あと……何人だ？」

「ひとり」

「……大統領の秘書か？」

「そうだ」

「もし……おまえが首尾よく……任務を果たしたら……頼みがある……一年だけでいい……先住民に……力を貸して……やって……くれんか？」

シノビは、あっさりとうなずいた。


「よかろう。おれが生きていれば、な」

座頭坊の顔に喜色が広がった。

何のやりとりをしてやがる？

「頼む」

「任せておけ」

「……出来たら……この国のあらゆる土地に……彼らの旗がひるがえるのを……見たいものだ。……シノビよ……ワシントンに……彼らの連合旗を……立てよ！」

座頭坊の全身から力が抜けた。

死人を貶めるつもりはないが、ろくでもない遺言でもくっちゃべったに違いない。ワシントンに先住民どもの旗を立てろとか。笑っちまうぜ。

シノビは次におれ――じゃなく、面白そうに座頭坊を見下ろしているお霧を見つめた。

「なぜ、助けた？」

「あら、死にたかったの？」

「借りが出来たが、返す前におまえを始末する手立てが見つかれば、実行に移す」

「そうしゃちほこばらなくても、あんたの性分《しょうぶん》は百も承知、二百も合点《がってん》よ。先が長いか短いかはわからないけど、ま、しっかり頑張りなさいな。どうなろうと期待してるわよ」

消え去る寸前の笑顔は、これまでで最も絢爛たる光輝に満ちたものであった。

ひとり消えると、その隙間を補うように風が渡っていった。

シノビはようやくおれを見た。

「あとひとりだな」

おれはようやく言った。彼は小さくうなずいた。おれは続けた。

「ただし、大統領の秘書だ。アメリカ政府が敵に廻るぞ」

「あなたには、もってこいの題材だと思うがね」

シノビはあっさりと言った。

その通りだ。おれは猛烈に武者震《むしゃ》いを感じていた。腹の底から湧き上がる熱い気は感動的ですらあった。

アメリカ政府にひとり挑む日本のＮＩＮＪＡ――これが最高のネタでなくてなんだろう。

「やれ」

おれは小さく、しかし、覚悟を込めて言った。

「こうなったら、行くところまで行ってみろ。

おれも最後までついて行く」

シノビが微笑した。

苦笑ではない。晴れやかな微笑だった。

彼は黙って町の方を向き、片手で指さした。

「駆け比べだ」

おれは遠くに立ち尽くす馬に走り寄ってまたがった。

「彼はどうする？」

座頭坊の死体を見た。

「大丈夫だ」

シノビはおれの後方へ顎をしゃくった。

振り返り、おれは息を呑んだ。

コマンチの群れが轡を並べている。どこにいたのか知れないが、彼らは逃げなかったのだ。

勇士を葬るために。


「行くぞ」

シノビが声をかけて走り出した。

速さは互角だ。馬と並んで走る人間か。

おれが早く着けば、リンカーンの秘書は助かる。

シノビが早ければ、秘書は討たれる。

そう決めた。

勝っても負けても、この件は本に書く。おそらく史上最大のベストセラーの誕生だ。なに、無理だ？　誰だ、おまえ？


（完）

《ネッド・バントライン》

本名はエドワード・ゼーン・キャロル・ジャドセン、一八二一年（一八二三年という説もある）にニューヨークに生まれる。「ネッド・バントライン」というのはペンネームで、小説家であり、ジャーナリストであった。一九世紀後半にアメリカで流行した「ダイム・ノベル」という大衆小説に、多くの作品を発表した。

中でも、バッファロー・ビル（本名ウィリアム・フレデリック・コディー）の半生を記した小説が人気を博す。

一九三一年、作家スチュアート・レイクが、カンザス州ドッヂ・シティの名保安官ワイアット・アープの伝記を書いた際に、「バントラインが、コルト・ピースメーカーの銃身を一二インチに延ばした大型拳銃を五挺のみ特注し、そのうちの一挺をワイアット・アープに贈った」という話を創作する。この伝説が有名になったために後にコルト社は長銃身のＳＡＡを実際に製造し、「コルト・バントライン・スペシャル」と呼ばれた。

（編集部）

あとがき

『ウエスタン忍風帳』をお届けする。

前回の『邪神決闘伝』は、あくまでも創土社のＣＭＦに属するクトゥルー・ウエスタンであったが、今回は邪神抜き。正しく西部の荒野で、日本の忍者同士が対決し、これに西部開拓史上に名高い無法者たちが絡んでくるという、自分で言うのも何だが、血沸き肉躍る超娯楽作である。

乱暴な言い方をすると、この西部開拓時代――一八〇四年にルイスとクラークが大陸横断調査に出発してから、一八九〇年、アメリカ政府が開拓地《フロンティア》の消滅を宣言するまで（必ずしもそれが正解とは言い難いが）は、この時代を舞台にしたいわゆる「西部劇《ウエスタン》」が、アメリカの映画を代表するジャンルだと謳われたほどの、アメリカらしい時代であった。というより、アメリカにしか存在しなかった時代と言うのが正しいかも知れない。

東海岸と西海岸は、それなりの文明の地であったが、それに挟まれた広大な原野は、なお先住民たちのものであり、都市の膨張によって生まれた企業や人々が、そこへ新天地を求めるのは、ある意味自然な動きであった。

しかし、一方的な進入と開拓は、必ずしも正しいとは言えなかった。彼らが腰を落ち着け、畑を作り、柵と針金で囲んだ土地は、先住民の生きる土地だったからである。

彼らとの正義なき戦い、野牛その他の生物たちへの殺戮と全滅等の物語は、別の機会に譲るが、この拓《ひら》かれつつある大地は、都市の法律がなお及ばぬ時代、無法者と法の守護者たちとの戦いの舞台となったのである。

私と同年配までの人々は勿論、若い人たちでも、安価なＤＶＤの普及によって、西部劇映画の名作は何作かご覧になっているかも知れない。

「シェーン」「駅馬車」「荒野の決闘」「黄色いリボン」「アラモ」「荒野の七人」等は、その代表作である。そして、腰に六連発という殺人兵器を落とし差した民間人が平然とうろつき、○・○何秒かの早射ちの腕を競う不思議な世界の物語に魅了された人も多いだろう。

開拓には何万という人間の参加が必要となる。当然、出現するのは、人種の坩堝《るつぼ》だ。白人、黒人、中国人——そして、日本人もここに加わっていた。幕末きっての外国通で通訳としても活躍したジョン万次郎も、西部で金鉱掘りに身を投じたことで有名である。

それとは別に、私はこの時代に日本人の流れ者を活躍させたいと、小学生の頃から考えていた。

当時は、「アラモ」と「荒野の七人」の大ヒットによって、過去の名作西部劇が「駅馬車」を皮切りに大量にリバイバルされ、少年漫画各誌から学習誌に至るまで、西部劇ブームの渦中にあったのだ。

無法者や名保安官たち、十大事件、騎兵隊と先住民、その武装や戦い等が次々に紹介され、私は胸を躍らせて読み漁ったものだ。もっとも、田舎のこととて、こういう〈流行《はや》り〉にあまり興味を示す友人たちはおらず、常に孤独な楽しみであったが。

西部の無法地帯に日本人のヒーローを——その願いは、『ウエスタン武芸帳』(朝日ソノラマ)に結実したが、あれはあくまで異次元の西部を舞台にしたもので、どこか物足りないものを感じていた。

続く『邪神決闘伝』で、ある程度渇《かわ》きは癒《いや》されたが、テーマがクトゥルーでは完全というわけにもいかず、ついに純正なる西部小説『ウエスタン忍法帳』を刊行するに至ったのである。

実在の拳銃使《ガンマン》いたちと、主人公たる忍者シノビの対決は、私の夢の結実である。それがどのような形に結ばれているかは、お読みになっていただく他はない。

そして、恐ろしいことに、私はまだ書き足りない。物語のメインは、あくまでも忍び対忍び——忍法対忍法の死闘にあるからだ。

今度こそ、一切の邪魔を排した西部物語を描き抜いてみたい。この「あとがき」を書きながら、私は次作の構想へと思いを馳せている。

本来は半年前に上がっていたはずが、諸々の事情により、年明けになってしまいました。
凄い表紙を描いて下さった望月三起也先生、素晴らしい推薦文をお寄せ下さった逢坂剛先生及び担当の増井暁子氏には、心からお詫びする次第であります。

二〇一五年十二月半ば
「マッド・ガンズ」(2014)を観ながら
菊地 秀行

左：Ned Buntline　右：Texas Jack
中央：Buffalo Bill

『ウエスタン忍風帳』推薦文

逢坂　剛

菊地秀行は前作『邪神決闘伝』で、クトゥルーものと西部小説を合体させる、離れわざを見せた。そしてその〈あとがき〉で、「今度は同じメイン・キャラクター〈シノビ〉を主人公に据えた、普通の西部小説を書く！」と豪語した。それがこの、『ウエスタン忍風帳』なのである。

今現在、日本でまともな本格西部小説を書けるのは、菊地秀行と不肖逢坂剛くらいのものだろう（ほかにもいたら、ごめんなさい）。なぜ書く作家が少ないかというと、編集者が「それだけはやめてください！」と懇願するからにほかならない。なぜ懇願するかというと、西部小説を出しても売れないからである！

この「売れない」という一言ほど、作家をがっくりさせるものはない。だが、そこでめげてしまったら、作家ではない。あくまで反対を押し切って、書きたいものを書くのがホントの作家ではないのか！

とまあ、つい気張ってしまうのは、おもしろいものを書いているつもりなのに、読者に手に取ってもらえぬもどかしさ、やりきれなさと闘うためである。どうか、読者諸氏は読まず嫌いを返上して、あの菊地秀行が書いたものなら（ついでに、逢坂剛が書いたものなら）……と信じて、ぜひとも読んでいただきたいと思う。

西部小説は、文学史的にはハードボイルド派の源流とされ、ハメットの『赤い収穫』やいくつかの短編が、西部劇の雰囲気に包まれていることは、周知の事実といってよい。また、エルモア・レナードはもともと西部小説で認められた作家だし、あのロバート・B・パーカーも何作か、西部小説を書いている。

ところで、本書を読んだら少なくとも西部劇ファンは、泣いて喜ぶに違いない。のっけから、あのドク・ホリデイ（ワイアット・アープの盟友）が出てきたりすると、それだけでわくわくしてしまう。とりわけわたしは、本編の進行役を務める〈おれ〉をネッド・バントラインに設定した、著者の見識（!?）に拍手を送りたい。バントラインは、西部開拓時代に実在したジャーナリストで、これ以上ぴったりの西部小説の語り手は、いないだろう。〈シノビ〉の活躍を記録するリポーターとして、まことにふさわしいキャスティングである。

読者諸氏は、本編によって西部小説のおもしろさを、存分に味わっていただきたい。

本編をきっかけに、西部小説のおもしろさに目覚める読者が増えて、わたしのところにも注文がくるようになったら、これにまさる喜びはない(尻馬に乗ってすみません)。

二〇一五年吉日

ウエスタン忍風帳

2016年2月1日　第1刷

著　者

菊地 秀行

発行人

酒井 武史

カバーイラスト　望月 三起也
帯デザイン　山田 剛毅

発行所　株式会社　創土社
〒165-0031　東京都中野区上鷺宮 5-18-3
電話 03-3970-2669　FAX 03-3825-8714
http://www.soudosha.jp

印刷　株式会社シナノ

ISBN978-4-7988-4001-7　C0293
定価はカバーに印刷してあります。

近刊予告

隻眼流廻国奇譚《せきがんかいこくきたん》『血《ち》 鬼《おに》 の 国』
菊地 秀行

柳生十兵衛三厳《やぎゅうじゅうべえみつよし》――将軍家指南役にして大目付・柳生但馬守宗矩《たじまのかみむねのり》の嫡男たる隻眼の剣豪。彼にはその生涯において二年間に及ぶ謎めいた空白の期間がある。将軍家の勘気を蒙り、柳生の里に蟄居《ちっきょ》していたとも、父の命を受けて諸国を巡り、諸大名の動静を隠密《おんみつ》調査していたとも伝えられるが、彼に謎の2年間を命じたのは、黒衣の宰相《さいしょう》・大僧正天海《だいそうじょうてんかい》であった。

この国に、カメ腹の腫物《しゅぶつ》のごとき異怪が生じつつある。それを探り、抹殺せよと。

白雪の峰々が蒼穹《そうきゅう》に挑む信濃〈波仁阿《はにあ》落〉に踏み入った十兵衛は、月輪に黒い翼を映す飛鳥の影と、その下で舞い狂う全裸の美女を目撃する。美女は金髪であった。さらに山中で兵たちに追われる農民の姉と弟を救った十兵衛は、二人からこう打ち明けられる。藩主・波仁阿八《や》雲守《くものかみ》は、半年前この地を訪れた金髪碧眼の娘によって、夜しか姿を見せぬ異人に変容し、その家臣団も何やら得体の知れぬ諸々《もろもろ》に姿を変えつつある、と。城下のあちこちから姿を消していく女たち、やがて見つかった死体の喉《のど》もとには二つの歯型が食い込んでいた。そして、深夜、親が子が見つめる中で、女たちは甦る。

事態を憂慮《ゆうりょ》する家老《かろう》の家へ招かれた十兵衛を、悪鬼と化した剣士たちが襲う。まさか、宮本武蔵がいようとは。

柳生の秘剣をもっても死なぬ彼らを、十兵衛と家老の娘・多恵はどう迎え討つか。

死闘に凍りつく闇の奥から現れた真の敵に、傷つく十兵衛。そのとき、柳生の里から次男・刑部友矩《ぎょうぶとものり》と三男・主膳宗冬《しゅぜんむねふゆ》が救援に駆けつけた。